EIN SCHURKISCHER ANFANG

DIE LIGA DER SCHURKEN

BUCH XIII

LAUREN SMITH

Übersetzt von
MARTIN WICK

ISBN: 978-1-958196-78-6 (E-Book-Ausgabe)

ISBN: 978-1-958196-79-3 (Druckausgabe)

Eine Autorin hat nicht oft die Möglichkeit, den Lesern den wahren Anfang einer Geschichte zu zeigen. Normalerweise müssen wir *in media res* oder „mitten im Geschehen" anfangen, wo die Handlung der Geschichte wirklich beginnt, um die Aufmerksamkeit des Lesers zu fesseln.

Als ich eine frischgebackene Autorin war, hatte ich dieses Konzept noch nicht ganz verstanden, und so fing mein allererstes Buch, „Teuflische Pläne", Buch 1 der Serie „Die Liga der Schurken", dort an, wo es meiner Meinung nach beginnen sollte... in einem Raum im Gentlemen's Club mit fünf mächtigen Männern, die die Entführung eines süßen, unschuldigen achtzehnjährigen Mädchens planten. Ich lernte bald, dass das nicht die richtige Art zu schreiben war, und ein sehr erfolgreicher und wunderbar freundlicher Autor historischer Liebesromane gab mir den Rat, die Clubszene zu streichen und mit meiner Heldin Emily in einer Kutsche auf dem Weg zu ihrem Schicksal zu beginnen, das sie direkt in die Arme unseres schneidigen Helden Godric führen würde.

Ich habe zwölf Bücher dieser Serie geschrieben und liebe immer noch jede Szene davon. Mir wurde aber auch klar, dass ich diese entscheidende erste Szene, die zur Geburt meiner Liga der Schurken führte, mehr denn je mit Ihnen teilen wollte. Als ich meinem Lektor erzählte, was ich vorhatte, kicherte er, rollte mit den Augen und erinnerte mich daran, dass der Anfang wirklich so viel mehr war als diese eine Clubszene. Die Entstehung der Liga war nicht nur die Geschichte von Godric und Emily. Es war die Geschichte von Emilys Eltern, ihrem Onkel, dem bösen Blankenship, Hugo Waverly und natürlich den anderen vier Schurken der Liga.

Ich hoffe, Sie haben beim Lesen dieser Vorgeschichte Spaß an den kleinen Andeutungen und Rückblicken auf Ihre Lieblingshelden. Der eigentliche Anfang, die berüchtigte Clubszene, die ich oben erwähnt habe, befindet sich in Kapitel 4, dem letzten Teil dieser Vorgeschichte. Ich habe sie ein bisschen überarbeitet, aber es hat sich so gut wie nichts gegenüber dem ersten Entwurf geändert. Ich möchte, dass Sie erkennen, was ich gesehen und gefühlt habe, als diese bösen Buben in jener ersten Nacht, als ich den Stift zu Papier brachte und diese Reise begann, in ihrer vollendeten Form zu mir kamen.

Wenn Sie neu in der *Serie „Liga der Schurken"* sind, ist dies Ihr Einstiegsbuch.

Für die Fans der Liga hoffe ich, dass Ihnen diese Rückkehr zu den Anfängen der Liga der Schurken gefällt. Das Abenteuer möge beginnen...

-Lauren Smith

KAPITEL 1

L*ondon – August 1820*

„MUSST DU WIRKLICH GEHEN?" EMILY PARR PLUMPSTE undamenhaft auf das Bett, wie es eher ein siebenjähriges Mädchen als ein siebzehnjähriges tun wurde.

Ihre Mutter Clara lächelte sie an, während sie einen dunkelroten Pelzmantel anzog und zuknöpfte. Sie hatte eine elegante und gertenschlanke Figur. Emily hoffte, dass sie eines Tages so schön sein würde wie ihre Mutter. Sie hatte jedenfalls die gleichen violetten Augen und dunkelkastanienbraunen Haare.

„Ja, mein Liebes. Dein Vater und ich brauchen etwas

Zeit zusammen. Du weißt, dass ich es nicht mag, wenn er uns verlässt."

„Also verlässt du mich stattdessen, um nach New York zu fahren", beschwerte sich Emily. „Ich habe bald mein Debüt. Was ist, wenn du meine erste Saison verpasst?"

„Das würde ich niemals wagen. Ich habe die wunderbarsten Pläne für dein Debüt. Ich verspreche, da zu sein." Ihre Mutter beugte sich vor und umarmte Emily heftig. „Du wirst dich gut amüsieren. Mrs. Danvers wird sich um dich kümmern, und dein Onkel Albert ist hier in London, falls du ihn brauchst."

Emily zuckte zusammen. Der Bruder ihres Vaters war kein angenehmer Mann. Er kümmerte sich wenig um die Familie seines Bruders. Ihre Mutter richtete sich auf und ging zur Tür. Irgendetwas am Anblick ihrer Mutter sandte eine fast fieberhafte Warnung durch sie hindurch. Sie durfte nicht vergessen, ihr noch etwas zu sagen.

„Mutter! Ich liebe dich!", rief sie.

Ein tiefes Angstgefühl erfüllte Emilys Brust in diesem Augenblick, bevor ihre Mutter über ihre Schulter blickte und antwortete: „Ich liebe dich auch, Süße."

Emily versuchte, das Bett zu verlassen, als sich ihre Mutter und das sonnige Zimmer um sie herum auflösten.

Emily sprang erschrocken im Bett auf. Sie blinzelte

und atmete schwer, weil ein Schluchzen in ihrer Kehle gefangen war. Die Luft um sie herum war still, kalt und schwer. Die Dunkelheit, die normalerweise ein Trost war, war jetzt erdrückend. Ein leichter Film kalten Schweißes bedeckte ihre Haut. Sie zitterte.

Es war ein Traum. Nur ein Traum. Ein Traum, den sie in letzter Zeit so oft gehabt hatte.

Was sie im Traum gesehen hatte, war vor einem Jahr, als ihre Eltern abgereist waren, gar nicht passiert. Emily hatte sich nicht verabschiedet oder gesagt, dass sie ihre Mutter und ihren Vater liebte. Nein, sie hatte entschieden, dass es wichtiger war, einen albernen Blumenstrauß abzuzeichnen, als zu Hause zu sein, als sie nach New York aufgebrochen waren. Nun würde sie nie wieder die Chance dazu bekommen, ihren Eltern überhaupt etwas zu sagen.

Emily setzte sich auf und zog ihre Knie an ihre Brust. Sie schlang ihre Arme um ihre Beine und starrte in den düsteren, mondbeschienenen Raum. Sie schlief jetzt nicht in ihrem Schlafzimmer, sondern in einem der Gästezimmer in Onkel Alberts Stadthaus.

Sie war fast ein Jahr hier, seit das Schiff ihrer Eltern auf der Rückreise von New York gesunken war.

Alles hatte sich verändert. Sie war inzwischen achtzehn, und ihre geliebte Gouvernante, Mrs. Danvers, hatte eine andere Stelle bei einem kleinen Mädchen angenommen, das einen guten Hauslehrer brauchte.

Emily hatte keine andere Wahl, als bei ihrem Onkel zu leben. Sein Haus in London war früher vielleicht einmal beeindruckend gewesen, aber die schlechten Investitionen ihres Onkels hatten eine anständige Instandhaltung des Hauses fast unmöglich gemacht. Sie hatten nur einen Butler, einen Koch, einen Lakaien, ein Dienstmädchen und einen Diener, die sich um das große Stadthaus kümmerten.

Ein Großteil der Möbel aus dem Landhaus ihrer Eltern war verkauft worden, und ihr geliebtes Pferd wurde versteigert, damit ihr Onkel Geld hatte, um sie zu ernähren und zu kleiden. Sie hatte kaum ein paar Tage Zeit gehabt, sich damit abzufinden, alles von ihrem alten Leben zu verlieren, bevor Onkel Albert ihr alles genommen hatte.

Sie hatte gedacht, zwei Möglichkeiten zu haben: Entweder bei Onkel Albert zu leben oder nach Yorkshire zu reisen, um bei Mr. Garrity, einem entfernten Cousin ihrer Mutter, zu wohnen. Ihm wurde die Verantwortung für Emilys Erbe übertragen, ein kleines, aber anständiges Vermögen, das für sie treuhänderisch angelegt worden war. Doch als Emily Mr. Garrity gefragt hatte, ob sie bei ihm unterkommen könne, hatte dieser heftig abgelehnt und behauptet, er sei oft auf Reisen und kenne die Bedürfnisse eines Kindes nicht. Also war ihr nur Onkel Albert geblieben.

Ein Kind... Emily war schon lange kein Kind mehr.

Wenn überhaupt, hatte sie im letzten Jahr angefangen, sich uralt zu fühlen, in Seele und Geist. Es war klar, dass Onkel Albert sie auch nicht wollte. Sie hatte ihr Bestes getan, ihn nicht zu belästigen, und sie versuchte, so gut sie konnte im Haushalt zu helfen. Aber normalerweise schimpfte er darüber, dass sie ihm im Weg war, und nannte sie ein verdammtes Ärgernis.

Emily legte sich wieder ins Bett. Die Morgendämmerung war noch ein paar Stunden entfernt, aber neue Sorgen tanzten finster wie dunkle Gespenster in ihrem Hinterkopf. Heute würde sich ihr Onkel mit zwei neuen Geschäftspartnern treffen, und ihr war befohlen worden, während der Besuche der Männer unsichtbar zu sein. Ein Mann, ein gewisser Mr. Blankenship, hatte schon zuvor mit Onkel Albert über Investitionen gesprochen, aber der zweite Herr, deren Identität ihr Onkel ihr nicht verraten wollte, war neu.

Vielleicht hatte ihr Onkel Glück, und die Dinge würden sich zu seinen Gunsten wenden. Onkel Albert war nicht erfreut gewesen zu erfahren, dass Mr. Garrity Emilys Treuhänder war und dass ihm jeden Monat nur kleine Geldbeträge für Emilys Unterhalt überwiesen werden sollten. Es war nicht genug. Selbst als Emily persönlich vorgesprochen hatte, hatte Mr. Garrity sich geweigert. Er führte den schlechten Geschäftssinn ihres Onkels als gefährlichen Umstand an und traute dem Onkel nicht, ihre Ausgaben zu tätigen.

Onkel Albert war zwar nicht so verdorben, ihr Erbe zu veruntreuen, dachte sie, aber er würde sich bestimmt über mehr Geld freuen, jetzt, wo Emily auf seine Kosten lebte. Sie musste zugeben, dass sie mehr zum Leben brauchten, seit sie ihren ersten Ball vor einem Monat hatte. Wenn sie nicht genug Geld hatte, um sich in der Gesellschaft gut zu präsentieren, würde sie noch länger mit Onkel Albert festsitzen, als es beiden lieb war – möglicherweise für immer.

Emily lag wach, aufgewühlt von ihrem Traum, und als die Uhr im Flur achtmal schlug, quälte sie sich aus dem Bett. Sie läutete die Klingel, und das Dienstmädchen, ein älteres Mädchen namens Mary, kam, um ihr beim Umziehen und Frisieren zu helfen. Das blaue Tageskleid, das Emily trug, war mindestens ein Jahr alt, aber es war aus gutem, festem Musselin und sah immer noch neu aus. Einigen ihrer anderen Kleidern war es jedoch anzumerken, dass sie schon ein paar Sommer erlebt hatten.

Aber da sie noch nicht in der Gesellschaft debütierte, brauchte sie nicht jedes Jahr neue Kleider. Doch das sollte sich bald ändern. Sie war nun achtzehn und würde in die Londoner Gesellschaft eingeführt, um sich auf dem Heiratsmarkt zu präsentieren. Sie konnte auf prachtvollen Bällen keine abgetragenen Kleider tragen. Die zarten Seiden- und Satinkleider, die sie besaß, wurden daher gut gepflegt und kaum angerührt, es sei denn, sie musste sie unbedingt tragen. Da sie nirgendwo hingehen konnte und sich verborgen halten sollte, schien das blaue Tageskleid für diesen Tag eine vernünftige Wahl zu sein.

„Weißt du, wann mein Onkel Mr. Blankenship erwartet?", fragte Emily Mary.

Die Frau schüttelte den Kopf. „Er hat es dem Personal nicht mitgeteilt, Miss."

„Gut, gut, ich gehe besser nach unten und sehe nach, ob die Köchin Hilfe braucht." Emily verließ das Dienstmädchen, damit es seiner Arbeit nachgehen konnte. Die Reinigung eines so großen Hauses erforderte eigentlich drei weitere Dienstmädchen, aber sie konnten sich diesen Luxus nicht leisten.

Emily berührte das Geländer, und eine dünne Staubschicht bedeckte ihre Fingerspitzen. Sie brummte leise etwas, worüber ihre Mutter die Stirn gerunzelt und ihr Vater gelacht hätte. So viel dazu, der Köchin helfen zu wollen. Sie holte ein weißes Tuch und tauchte es in etwas Wasser, dann wischte sie vorsichtig das Holz ab, bis es glänzte. Sie stieß einen erleichterten Seufzer aus. Wenigstens lenkten sie all die kleinen Hausarbeiten ab. Aber sie vermisste die Tage, an denen sie sich in der Bibliothek im Stadthaus ihrer Eltern verkriechen und bis zum Abendessen lesen konnte.

Emily legte das Tuch weg und wollte gerade in die Küche gehen, aber die Stimme ihres Onkels hielt sie zurück.

„Emily?“

„Ja, Onkel Albert?“ Emily näherte sich ängstlich dem Arbeitszimmer ihres Onkels. Die Tür war nur angelehnt. Sie schob sie weiter auf und trat ein.

Albert war ein dünner Mann mit dunklen Augen, ganz anders als die leuchtend blauen Augen ihres Vaters. Er saß stirnrunzelnd über seinen Geschäftsbüchern, aber er hob den Kopf, als er sie kommen hörte.

„Ah, da bist du ja. Denk daran, dich heute rar zu machen. Dieses Treffen muss unbedingt gut verlaufen.“

„Ja, Onkel Albert.“

„Ach, und wegen des Balls in drei Wochen – ich muss dich selbst eskortieren. Eine Begleitperson können wir uns nicht leisten. Ich hoffe, das stört dich nicht?“ Alberts Blick war kühl, als erwartete er einen Wutanfall von ihr.

„Schon gut, Onkel Albert. Vielen Dank. Ich würde mich über deine Gesellschaft freuen.“ Sie meinte es ernst. Sie und Albert wohnten vielleicht nicht freiwillig zusammen, aber die tragischen Folgen des Todes ihrer Eltern hatten sie aneinandergefesselt, und nur Albert stand zwischen ihr und der weiten Welt.

Emily blickte auf den abgetretenen Teppich im Büro ihres Onkels hinab, fühlte sich elend und hasste dieses Gefühl mehr als alles andere. Sie liebte das Leben und hatte keine Angst vor der Welt. Ihre Eltern hatten sie als freudigen Menschen erzogen, und sie sehnte sich nach einem Leben voller Abenteuer. Mit einem Sinn für Mathematik, einer Begabung für andere Sprachen und gewiefter Klugheit hatte Emily gehofft, dass ihr Leben so viel erfüllender sein würde. Aber jetzt schien alles so düster, so hoffnungslos. Die Verachtung ihres Onkels für sie vertiefte nur die Melancholie, die sie im letzten Jahr ergriffen hatte.

Ihre Mutter und ihr Vater hatten sie bedingungslos geliebt, und Emily begann erst jetzt zu begreifen, wie selten so etwas war. Es gab niemanden mehr auf der Welt, der sie so vollkommen liebte. Jetzt fühlte sie sich völlig allein.

„Nun, solange dich meine Anwesenheit nicht stört, können wir ein paar Stunden auf dem Ball bleiben. Das sollte dir die Chance geben, ein paar Dutzend Herzen zu ergattern." Alberts Augen wurden kurz etwas weicher, aber dann wurden sie wieder hart. „Sorge einfach dafür, dass du einen Mann findest, dessen Taschen gut gefüllt sind. Ich werde nicht viel Mitgift für dich haben, und dieser verdammte Narr Garrity wird dir wahrscheinlich nichts geben, bis du einen Mann an der Angel hast, vorausgesetzt, der geizige Kerl wird deine Wahl überhaupt billigen."

„Ja, Onkel", antwortete Emily, aber die Worte hinterließen einen bitteren Geschmack auf ihren Lippen.

„Jetzt geh und lass dich nicht mehr blicken." Er scheuchte sie mit einem Handwedeln fort.

Emily ging in die Küche hinunter, um zu sehen, was sie tun könnte, um der Köchin zu helfen. Nach zwei Stunden hielt sie es für sicher genug, sich wieder nach oben zu wagen. Doch in dem Moment, als sie den Flur betrat, erstarrte sie beim Anblick ihres Onkels und eines Mannes, der keine drei Meter entfernt mit ihm sprach.

„Seid Ihr sicher, dass Ihr es Euch nicht anders überlegen wollt?" Ihr Onkel flehte den Mann beinahe an. „Nehmt Euch wenigstens ein paar Tage Zeit, um Euch zu entscheiden."

Die Stimme des Mannes war kalt. „Silberminen sind ein fürchterliches Unterfangen. Ich glaube nicht, dass die Märkte das unterstützen werden."

Emily wusste, dass sie verschwinden musste, aber die Tür zur Dienstbotentreppe hatte laut geknarrt und die Aufmerksamkeit der beiden Männer auf sie gezogen. Ihr Onkel erblasste, als der andere Mann, der ihr den Rücken zugewandt hatte, sich ihr zuwandte.

Er war groß, mittleren Alters und sein einst relativ ansehnliches Gesicht war von einer unterschwelligen Grausamkeit getrübt, die aus seinen käferschwarzen Augen zu leuchten schien.

„Wer ist das, Albert?", fragte der Besucher, der sie mit überraschter Faszination anstarrte.

„Meine Nichte... Die Tochter meines Bruders. Er und seine Frau sind vor einem Jahr gestorben. Es tut mir leid, dass sie unsere Unterhaltung unterbrochen hat."

Albert warf Emily einen bösen Blick zu und nickte ihr zu, um ihr anzudeuten, dass sie gehen sollte.

„Nein, sie unterbricht uns keineswegs. Komm her, Kind. Ich möchte dich ansehen." Er winkte zu einer Stelle auf dem Boden dicht vor sich und rief sie wie einen Hund herbei.

Emily gehorchte, um nicht unhöflich zu wirken und der Besprechung ihres Onkels weiter zu schaden.

Der Mann ergriff ihr Kinn und hob es an, bis sich ihre Blicke trafen.

„Du bist ein hübsches Ding", murmelte er vor sich hin. Dann wandte er sich an Albert. „Sie kommt nach ihrer Mutter, nehme ich an?"

„Ja, sehr. Clara war eine wahre Schönheit."

Emily wollte den Blick von dem Mann abwenden, aber es war schwer, seinem Blick auszuweichen, ohne ihr Kinn von seiner Hand zu lösen.

„Clara... Ich bin ihr einmal begegnet. Welch außergewöhnliche Ähnlichkeit." Der Mann sprach mit ihrem Onkel, als wäre Emily ein Porträt oder eine Skulptur. Ein Objekt.

Albert zappelte hinter ihm herum. „Äh... Nun, ich versuche gerade, sie zu verheiraten."

Der besitzergreifende Blick des Mannes hielt sie fest, als er seine Augen über sie schweifen ließ. „Wirklich?" Seine Fingerspitzen verweilten an ihrer Kehle. „Parr, ich habe meine Meinung geändert. Ich werde doch mit

Euch investieren. Verdoppelt den Betrag, den wir ursprünglich besprochen haben."

Der Mann lächelte, und Emilys Instinkt schrie sie an, davonzulaufen, aber ihre Bildung als feine Dame hielt sie in seinem Bann.

Der Mann ließ seine Hand sinken und wandte sich von ihr ab. Emily nutzte die Gelegenheit, um davonzurennen. Sie polterte wie ein aufgeregtes Kind die Treppe hinauf, eilte in die kleine Bibliothek und schloss die Tür hinter sich. Die Bücherregale flüsterten ihr tröstende Worte der Ablenkung zu. Sie war nicht dumm. Dieser Mann hatte seine Meinung über eine Investition bei ihrem Onkel geändert, nachdem er sie gesehen hatte. Sie wusste, was das bedeutete. Sie musste einen Ehemann finden, und zwar schnell.

ALBERT ESKORTIERTE MR. BLANKENSHIP ZUR TÜR, während eine unbehagliche Mischung aus Freude und Angst in ihm kämpfte. Blankenship war wohlhabend und verfügte über viele einflussreiche Kontakte. Eine Geldanlage von ihm war ein großer Segen, der Albert helfen würde, sich ein weiteres Jahr über Wasser zu halten.

Aber Albert war kein Idiot. Er hatte gesehen, wie der Mann Emily angestarrt hatte. Er begehrte sie, und

Albert hatte Gerüchte über Blankenships Grausamkeit gegenüber Frauen gehört.

Vor vielen Jahren war ihm Emilys Mutter aufgefallen. Albert gab zwar vor, nichts davon zu wissen, aber sein Bruder Robert hatte ihm von dem anderen Verehrer erzählt, der um Claras Hand wetteiferte. Er erwähnte den Namen Blankenship nur einmal, doch Albert hatte ein brillantes Gedächtnis, obwohl er mit Investitionen nicht so schlau war, wie er es sich wünschte.

Das war einer der Gründe, warum er Emily versteckt halten wollte. Die beiden Männer, die er hierher eingeladen hatte, um über Geschäftsmöglichkeiten zu sprechen, waren beide auf ihre Weise beängstigend. Blankenship hatte einen schrecklichen Ruf und eine Düsternis um sich, während der Duke of Essex, ein jähzorniger junger Mann, sich bei jeder geringfügigen Meinungsverschiedenheit sogleich duellierte. Das Letzte, was Albert wollte, war, dass sich einer dieser Männer für Emily interessierte.

Er mochte das Mädchen, aber die unerwartete finanzielle Belastung, die ihre Fürsorge darstellte, war ihm eine Last. Sein Frust über seine Unfähigkeit, mit dieser Belastung fertig zu werden, veranlasste ihn manchmal dazu, unfreundlich zu ihr zu sein, wofür er sich schämte, auch wenn er es sich nicht eingestehen wollte.

Vergeblich hatte er Claras entfernten Cousin, Mr. Garrity, um Unterstützung gebeten, aber der Mann schickte Albert jeden Monat nur einen geringen Betrag, nicht einmal genug für das Kind, geschweige denn für ihn. Nur eine Heirat würde das Mädchen aus seiner Obhut befreien. Er hatte keine Absichten oder Illusionen, dass er sie mit jemandem verheiraten könnte, der einen Teil ihres Erbes mit ihm teilen würde. Kein Mann würde bereitwillig Geld hergeben, das er als Ehemann beanspruchen konnte, aber zumindest würde Albert nicht länger für sie verantwortlich sein.

Albert spähte durch die Vorhänge, um Blankenship beim Einsteigen in seine Kutsche zu beobachten. Als er fort war, stieß Albert den Atem aus, von dem er nicht bemerkt hatte, dass er ihn angehalten hatte. Dann kehrte er in sein Arbeitszimmer zurück, um sich auf sein Treffen mit dem Duke of Essex am späteren Nachmittag vorzubereiten.

GEGEN MITTAG LIEF EINE ELEGANTE SCHALUPPE IN den Londoner Hafen ein. Dort wimmelte es von Schiffen, die Waren wie Zucker und Rum aus Westindien entluden. Die Aromen vermischten sich mit der schmutzigen Luft, die über der Themse schwebte. Andere Schiffe brachten Tee und exotische Gewürze aus dem Osten, Wein aus dem Mittelmeerraum und sogar Pelze, Holz und Hanf aus Russland und dem Baltikum.

Hugo Waverly stand auf dem Oberdeck, die Hände an der Reling abgestützt. Er war ein ganzes Jahr in Frankreich gewesen, und es war eine Erleichterung, wieder zu Hause zu sein. Seine Frau Melanie und sein kleiner Sohn Peter gesellten sich bald zu ihm an Deck.

„Endlich zu Hause", seufzte Melanie. Sie hatte Frankreich gehasst. Trotz ihrer Schönheit und Intelligenz hatte sie den französischen Hof mit all seinen Intrigen und Klatschmäulern verachtet, auch wenn sie sich problemlos in die schillernde Gesellschaft hätte einfügen können.

„Lass mich ihn nehmen." Hugo hob den wenige Jahre alten Peter aus den Armen seiner Frau.

Der Junge zeigte auf die vorbeifahrenden Schiffe und quiekte. Hugos Herz schwoll vor Liebe für das Kind an. Er hatte gehofft, dass die gemeinsame Zeit in Frankreich ihm seine Frau näher bringen würde, aber sie weigerte sich immer noch, ihn in ihr Bett zu lassen. Hugo war es leid, abgewiesen zu werden. Er würde sein Vergnügen woanders finden. Er dachte an die ehemalige Kammerzofe seiner Frau und wie süß sie gewesen war, selbst in ihrer Angst vor ihm. Aber es gab andere, willigere Frauen da draußen. Er hatte in dieser Nacht eine Grenze überschritten. Seine Handlungen gegenüber diesem Mädchen waren unter seiner Würde gewesen.

Das Schiff legte an, und Hugo begleitete seine Frau und seinen Sohn zu einer Kutsche. Er wartete, bis sie abfuhr, und kehrte dann zum Schiff zurück, um sich zu vergewissern, dass ihr Gepäck ausgeladen wurde. Als er fertig war, verließ er das Dock und schritt die Laufplanke hinunter, nur um ein bekanntes Gesicht zu entdecken, das darauf wartete, ihn zu begrüßen.

„Sheffield." Hugo nickte dem großen, dunkelhaarigen Mann zu, der auf ihn wartete. Daniel Sheffield war während seiner Abwesenheit in England seine Augen und Ohren gewesen. Sie leiteten eine verdeckte Gruppe von Spionen für die Krone und standen über ihre Mittelsmänner in regelmäßigem Kontakt.

„Schön, wieder hier zu sein, Sir?", fragte Sheffield.

„In der Tat. Frankreich hat mich ermüdet." Es war in der Tat gut, zu Hause zu sein.

„Eurer Frau und Eurem Kind geht es gut?"

„Ja. Peter ist ein paar Zentimeter größer geworden, das schwöre ich." Hugo lächelte liebevoll. Sein Sohn war nach einem alten Freund benannt worden, den er vor langer Zeit verloren hatte. Vor einer Ewigkeit, so schien es. Er schloss kurz die Augen und erinnerte sich an Peters strahlendes Lächeln, an seine Augen voller Mitgefühl und Heiterkeit. Peter Maltby war eine gute Seele gewesen in einer Welt, die so wenig Gutes zu bieten hatte.

Hugo war kein guter Mann. Er hatte diese Illusion nie gehabt. Aber eine Zeit lang hatte Peter ihn glauben gemacht, dass er es sein könnte. Diese sonnigen Erinnerungen an seinen verlorenen Freund wurden immer von dunklen, aufgewühlten Gedanken verschluckt, als ein Fluss aus der Vergangenheit Peter verschlang und die letzten Fetzen von Hugos Güte mit Peters letztem Atemzug mitriss.

„Alles in Ordnung, Sir?" Sheffield klang besorgt.

Hugo nickte. „Erzähl mir, was ich in den letzten Wochen verpasst habe."

Sheffield ging neben ihm her und beschrieb die neuesten Entwicklungen des Spionagerings, den sie geschaffen hatten, bevor Hugo nach Frankreich aufgebrochen war.

„Avery Russell hat sich als überraschend fähiger Kerl erwiesen", begann Sheffield.

„Russell?" Hugo zuckte bei dem Namen zusammen. Er hatte nichts mit der Familie Russell zu tun haben wollen, aber Avery hatte einen unglaublich schnellen Aufstieg durch die Etagen des Innenministeriums hingelegt.

„Ja. Er ist ein begabter Dechiffrierer für unsere abgefangenen französischen Nachrichten und hat ein Händchen dafür, zu erraten, wo sich französische Spione aufhalten."

Hugo und Sheffield schritten durch die Docks und verließen den Hafen von London, um auf die Hauptstadt zuzusteuern.

„Halte mich über seine Fortschritte auf dem Laufenden. Vielleicht kann er mir nützlich sein."

Sheffield stellte keine Fragen. Er wusste, was Hugo meinte. Als Hugo England verlassen hatte, hatte er versucht, seinen Rachedurst hinter sich zu lassen, aber jetzt, wo er zurückgekehrt war, war auch er wieder da. Peter Maltby musste gerächt werden. Der älteste Russell, Lucien, war einer der fünf Männer, die Schuld an Peters Tod trugen. Dass Avery für ihn arbeitete, konnte ihm nur Chancen für die Zukunft bieten.

Hugo hielt plötzlich abrupt an, und Sheffield blieb neben ihm stehen. Als ob die Gedanken an seine Feinde sie heraufbeschworen hätte, sah Hugo zwei Männer auf der anderen Straßenseite, die in seine Richtung kamen. Einer war blond, und der andere hatte hellbraunes Haar, aber es war der Gehstock, den letzterer müßig schwenkte, der Hugos Aufmerksamkeit erregte. Die beiden Männer waren guter Laune, und ihre natürliche Fröhlichkeit wirkte sich auf die Stimmung der Männer und Frauen um sie herum aus.

Jedem außer Hugo erschienen diese Männer wie zwei gutaussehende Männer in den frühen Dreißigern, die vor Gesundheit und Reichtum strotzten. Aber für Hugo waren diese Männer eine Plage für seine Existenz, eine ständige Erinnerung daran, dass England die Heimat seiner meistgehassten Feinde war – der Männer, die die

Lokalzeitungen manchmal als Liga der Schurken bezeichneten.

„Vorsicht, Sir." Sheffields Warnung brachte Hugo wieder zum Stehen, als eine Kutsche an ihm vorbeiraste. Er war im Begriff gewesen, die Straße zu den beiden Männern hin zu überqueren, sein Blick war so geblendet von Wut und Hass, dass er die verdammte Kutsche nicht einmal gehört hatte. Sheffield ließ Hugos Arm los, und Hugo strich mit einer Grimasse seinen Mantel glatt und trat vom Bordstein zurück.

„Ich glaube, es ist an der Zeit, unsere Pläne in die Tat umzusetzen."

Sheffield sagte zunächst nichts, dann fragte er leise: „Mit welchem der fünf fangen wir an?"

„Ich bin noch nicht sicher. Ich muss die Spieler in Aktion sehen. Lennox wird uns zweifellos beobachten. Er hat in London fast so viele Augen wie wir." Hugo begann zu planen und bewegte die Schachfiguren in Gedanken über das Brett. Ashton Lennox, der reichste der Liga, war auch der niedrigste im sozialen Ansehen, aber er übte Macht und Einfluss aus, die alle anderen übertrafen, sogar Godric, den Duke of Essex.

„Lennox ist daran interessiert, eine weitere Reederei zu erwerben, die Southern Star Line", warf Sheffield ein. „Ich kenne die Witwe, der die Firma gehört, und kann Euch den Kontakt vermitteln. Wir könnten dafür sorgen, dass er auf Schwierigkeiten trifft, um die Werft zu bekommen. Das würde ihn zumindest ablenken."

„Ausgezeichnete Idee. Mach dich gleich morgen früh an die Arbeit." Hugo strich mit den Fingern über sein Kinn, während er die beiden Männer auf der anderen Straßenseite vorbeigehen sah. Charles Humphrey, der Earl of Lonsdale, und Cedric, Viscount Sheridan, würden für ihre Verbrechen büßen. Aber noch nicht. Zuerst würde Hugo ihr Leben Stück für Stück auseinanderreißen und das Band der Freundschaft zwischen den fünf Männern schwächen, bis es ihnen nicht mehr als Schutz dienen konnte.

Er würde die Liga der Schurken vernichten, selbst wenn es ihm den letzten Atem kosten sollte.

KAPITEL 2

Emily aß mit ihrem Onkel ein spätes Mittagessen, das aus kalten Lammsandwiches bestand, und fragte dann vorsichtig, ob sie den Nachmittag draußen verbringen dürfe.

„Draußen?" Albert überlegte. „Um was zu tun?"

„Ich dachte, ich kümmere mich vielleicht um den Garten. Er ist ziemlich ungepflegt, seit wir Mr. Shreve letzten Monat entlassen haben."

Ihr Onkel runzelte die Stirn. „Ah." Keiner von ihnen hatte den Gärtner entlassen wollen, aber sie konnten es sich einfach nicht leisten, ihn zu behalten. Emilys Onkel hatte wenig im Leben, das ihm Spaß machte, außer seinem Garten, der ihm anscheinend Freude bereitete.

„Wenn du willst. Aber denk daran, um zwei Uhr

darfst du nicht ins Haus kommen. Und wenn du drinnen bist, bleib in deinem Zimmer."

„Ja, ja, ich weiß." Emily würde es nicht vergessen. Wenn der Mann, mit dem sich ihr Onkel heute Nachmittag traf, auch nur annähernd so furchterregend war wie der von heute Morgen, würde sie es nicht wagen, sich noch einmal einzumischen.

„Darf ich jetzt gehen?", fragte sie.

„Ja, geh nur." Ihr Onkel wandte sich dem Stapel Briefe zu, den der Butler gebracht hatte, und begann sie zu öffnen.

Emily schob ihren Stuhl zurück und verließ mit gesenktem Haupt das Esszimmer. Sie fand eine alte weiße Musselin-Schürze, die sie sich um die Taille band. Sie bedeckte ihr Gewand bis zu den Füßen. Dann zog sie sich ein Paar weiße Ärmelschoner an, die ihre Arme vor Schmutz schützen sollten. Aufgeregt machte sie sich auf den Weg in den kleinen Garten hinter dem Stadthaus ihres Onkels.

Die Rhododendren waren zu einer gewaltigen Höhe herangewachsen. Sie markierten die Grundstücke zwischen den Stadthäusern auf beiden Seiten des Hauses ihres Onkels. Vor dem Hintergrund von Rhododendren, Glyzinien und Geißblatt, die an einem alten Holzspalier an einer Seite des Hauses emporwuchsen, rankten Rosensträucher wild durcheinander. Emily stemmte die Hände in die Hüften und betrachtete das chaotische

Gewirr aus Blättern und Blumen entlang des Gartenwegs. Es gab viel zu tun, und obwohl Emily sich überfordert fühlte, war sie froh, eine Aufgabe zu haben, die ihr Spaß machen und vielleicht sogar ihren Onkel aufheitern würde. Sie wünschte sich verzweifelt, ihm eine Freude zu bereiten und ihm zu zeigen, dass sie keine nutzlose Last war.

Als sie den Brief erhalten hatte, dass ihre Eltern nicht mehr nach Hause kommen würden, war ihre Welt zusammengebrochen. Sie hatte keine Chance gehabt zu trauern, keine Gelegenheit, den Verlust ihrer Eltern und ihres glücklichen Lebens mit ihnen vollständig zu verarbeiten.

Ihre Kehle war wie zugeschnürt, als hätte eine unsichtbare Hand ihre eisigen Finger um ihren Hals geschlungen und zugedrückt.

Denk nicht darüber nach. Denk nicht über sie nach.

Emily straffte ihre Schultern und nahm das nächstgelegene Blumenbeet in Augenschein. Dann kniete sie sich an ein Ende, die Gartenschere und die Gartenhandschuhe griffbereit. Die Arbeit war anstrengend, aber nach einer Stunde sah sie einen großen Fortschritt und war sehr zufrieden mit sich.

Sie wischte sich das Gesicht ab und verschmierte dabei versehentlich Schmutz auf ihrer Nasenspitze. Sie rieb sich erneut und hoffte, dass sie diesmal die Erde entfernt hatte. Dann setzte sie sich auf ihre Fersen, ihr

Körper schmerzte von der konzentrierten Anstrengung, so lange gebückt zu bleiben. Ein großer schwarz-gelber Schmetterling schwebte träge zwischen den schimmernden Blütenblättern der Glockenblumen, während sie ihr Werk betrachtete.

„Hallo", begrüßte Emily den Schmetterling, der sich auf einer Blume niedergelassen hatte. Er sah aus wie eine Art Schwalbenschwanz, der Lieblingsfalter ihrer Mutter. Der Schmetterling streckte seinen Rüssel aus, der wie eine Zunge aussah – zumindest wie eine Schmetterlingszunge – und trank den Nektar aus der Blüte. Seine Flügel blieben aufrecht und zusammengefaltet, während er sich ausruhte. Emily wünschte, sie hätte ihr Skizzenbuch dabei, aber sie hatte es weggeworfen, nachdem...

Sie verdrängte den Gedanken und konzentrierte sich wieder auf den Schmetterling. Seine Fühler bewegten sich in der Luft, während sie seinen Rücken studierte.

„Gefällt dir mein Garten?", fragte sie ihn.

Der Schmetterling breitete seine Flügel aus, als ob er darauf reagieren würde.

„Da muss man noch ein bisschen dran arbeiten, nicht wahr?", pflichtete sie ihm bei.

Eine plötzliche Bewegung fiel ihr ins Auge. Sie blickte in Richtung Haus. Sie glaubte, jemanden in einem der Fenster zu sehen. Es musste das Hausmädchen beim Putzen gewesen sein. Emily zog eine winzige Taschenuhr aus ihrer Schürzentasche und sah nach der

Uhrzeit. Es war halb zwei. Es wäre das Beste, wenn sie noch mindestens eine Stunde draußen bliebe.

Bitte lass das Treffen des Onkels gut verlaufen, betete sie. Sie hatte das Gefühl, dass heute der wichtigste Tag im Leben ihres Onkels war. Vielleicht sogar ihres eigenen. Es war töricht, aber sie konnte das Gefühl nicht loswerden.

GODRIC ST. LAURENT, DER DUKE OF ESSEX, SASS IN einem Stuhl im Bombay Room des Berkley's, seinem Club. Godric nippte an einem Glas Whisky, seine Gedanken waren meilenweit von London entfernt.

Eine vertraute Stimme riss ihn aus seinen Gedanken. „Godric?"

Er warf einen Blick auf Lucien Russell, den Marquess of Rochester, der am Türpfosten lehnte. Das rote Haar des Mannes war etwas zerzaust, und seine feine Kleidung war ganz zerknittert.

„Ich nehme an, du hattest gestern einen schönen Abend?"

Lucien gluckste. „Mit Lady Marsden? Das hatte ich. Die arme Witwe war sehr erpicht darauf, unsere Bekanntschaft aufzufrischen. Offenbar hat sie es bereut, nicht mit mir das Bett geteilt zu haben, bevor sie diesen alten Bock geheiratet hat."

Godric schnaubte. Der verstorbene Lord Marsden war für die wenigsten Menschen ein Freund gewesen. Er war eine alte Kröte mit fahlem Gesicht gewesen, die praktisch jeden angebrüllt hatte. Seine Frau, dreißig Jahre jünger als er, war eine hübsche Brünette. Am Tag ihrer Hochzeit hatten alle hinter vorgehaltener Hand bemerkt, wie schade doch diese Eheschließung war. Gott sei Dank war der alte Mann bald gestorben. Er würde nicht vermisst werden, schon gar nicht von seiner armen Frau.

Godric bedeutete seinem Freund, sich ihm anzuschließen. „Ich wette, Lady Marsden war sehr zufrieden.“

Lucien ließ sich in den Sessel ihm gegenüber sinken, immer noch mit einem Grinsen im Gesicht. „Sie hat mich zur Erschöpfung gebracht. Ich bin heute Morgen kaum aus ihrem Bett entkommen.“

„Und das stört dich nicht im Geringsten.“ Godrics Antwort klang wie eine leichte Ohrfeige.

„Natürlich nicht.“ Lucien lehnte sich demonstrativ in seinem Sessel zurück. „Also, was hat dich so sehr aufgeregt?“

„Ich habe mich nicht aufgeregt“, widersprach Godric.

„Wirklich? Ich weiß, dass du immer am Grübeln bist, aber mein Gott, du siehst aus, als wärst du hin- und hergerissen zwischen dem Verfassen von Sonetten für dein gebrochenes Herz oder dem Verprügeln eines armen Kerls, der sich sowieso bereits in Lebensgefahr befindet. Was ist also der Grund dafür?"

Lucien kannte ihn zu gut.

Godric war sowohl verärgert als auch wütend auf sich selbst. „Du weißt, dass ich mich von meiner Geliebten getrennt habe."

„Diese köstliche französische Kreatur?", fragte Lucien mit Interesse.

„Ja. Evangeline hat die Dienerschaft verärgert."

„Oh?"

„Sie hat Simkins beleidigt", knurrte Godric, und seine Wut kehrte bei der Erinnerung daran zurück.

„Was du nicht sagst. Simkins ist ein tadelloser Butler. Was könnte sie gegen ihn haben?"

„Er hat irgendein albernes Schmuckstück von ihr zerbrochen, und sie ist in Wut geraten."

„Warte einen Moment. Das war vor *Monaten*, oder nicht?", stellte Lucien klar.

„Fast sechs." Er wünschte, er würde nicht mitzählen, aber er tat es. Er war in Liebesdingen nicht so locker wie Lucien. Er zog es vor, eine Geliebte in der Nähe zu haben, die einen festen Platz in seinem Leben hatte, und sein leeres Bett machte ihm zu schaffen. Lucien könnte mit einem Dutzend Frauen pro Nacht schlafen, sie nie wieder sehen, und es wäre ihm völlig egal.

„Ah... Du bist also einsam." Luciens neckischer Tonfall war fast verschwunden.

„Wenn du es den anderen erzählst, werde ich es bis zu meinem letzten Atemzug leugnen", warnte Godric. „Und dann schlage ich dir die Zähne aus."

Lucien nickte feierlich und verständnisvoll. „Meine Lippen sind versiegelt, alter Junge. Von mir werden sie es nicht erfahren. Warum suchst du dir dann keine andere Frau? Du warst doch nicht etwa in die Französin verliebt, oder?"

„Nein." Das war er nicht, aber er vermisste Evangelines Charme und Intelligenz. So wenige Frauen in seinem Bekanntenkreis wagten es, ihm solche Qualitäten zu zeigen. Viele Frauen waren in dem Glauben erzogen worden, dass sie sich wie Dummköpfe verhalten mussten. Es gab viele Männer da draußen, die solche Frauen begehrten, aber nicht Godric. Er genoss geistreiche Gespräche, Neckereien und das Zusammenspiel sowohl außerhalb als auch innerhalb des Bettes.

„Es gibt Dutzende von Kurtisanen, die sich dir zu Füßen werfen würden", erinnerte ihn Lucien.

„Das will ich nicht. Ich will... eine Herausforderung. Eine Frau, die von meinem Titel unbeeindruckt ist. Eine Frau, die ihre Meinung sagt."

Lucien zuckte mit den Schultern. „Nun, das wird nicht einfach sein."

„Nein. Deshalb bin ich ja auch so schlecht gelaunt."

Godric zog seine Taschenuhr aus der Weste und fluchte, als er die Zeit sah.

„Was ist los?“ Lucien setzte sich ein wenig auf.

„Ich habe einen Termin mit einem Mann wegen einiger Investitionen.“

„Oh? Nimmst du Ash mit?“

„Nein, ich wollte ihn damit nicht belästigen.“

„Ihn belästigen? Der Mann ernährt sich von der Sprache der Wirtschaft.“ Lucien lachte.

„Ich weiß, aber ich habe das Gefühl, dass er mir nicht raten würde, mit diesem Mann Geschäfte zu machen. Es ist wahrscheinlich ein riskantes Unterfangen.“ Godric schob seine Uhr zurück in seine Tasche.

„Warum tust du es dann?“

„Ich möchte in irgendetwas gut sein. Cedric hat seine Pferderennen, Ashton hat seine Finanzen, Charles hat sein Boxen, und du hast deine Frauen, aber ich bin in nichts überragend.“

Es hatte Godric schon immer gestört, dass sein Titel ihm zwar den höchsten Status unter seinen Freunden verschaffte, er aber immer das Gefühl hatte, persönlich wenig Wert zu haben.

„Du bist in vielen Dingen gut“, betonte Lucien.

Godric wölbte eine Braue. „Worin zum Beispiel?“

„Nun, zum einen wäre da… Verdammter Mist, Mann. Du hast mich erwischt.“

Daraufhin lachte Godric. „Ich muss gehen. Sag den anderen, dass ich sie heute Abend sehen werde."

„Na gut, dann werde ich mich wohl allein betrinken", sagte Lucien und gluckste.

Godric verließ den Marquess und den Gentlemen's Club. Er ließ sich von einem der jungen Burschen sein Pferd bringen, saß auf und ritt durch London, bis er die mondäne Gegend von Mayfair erreichte. Das Stadthaus, vor dem er anhielt, gehörte einem Mann namens Albert Parr. Er war von einigen Freunden an Godric verwiesen worden, nicht aber von Ashton, was bedeutete, dass dies tatsächlich ein Risiko war.

Ein Stallknecht kam die Treppe hinunter und nahm Godrics Pferd in Empfang, und Godric ging hinein. Ein Butler nahm ihm Hut und Reithandschuhe ab und bedeutete ihm, in der Eingangshalle zu warten. Eine Minute später kam ein Mann auf ihn zu.

„Euer Gnaden." Der Mann verbeugte sich vor Godric, der nur nickte. „Bitte, kommt in mein Arbeitszimmer." Es entging Godric nicht, dass das Stadthaus düster und ziemlich staubig war. Vielleicht hatte Parr an seinem Hauspersonal gespart.

Während der nächsten halben Stunde diskutierten sie über Parrs Kauf einer Silbermine in Cornwall. Silber zu schürfen war ein schwieriges und risikoreiches Unterfangen, aber wenn es erfolgreich war, brachte es hohe Dividenden ein. Godric war bereit, zehntausend

Pfund zu investieren, und Parr schien dankbar zu sein. Godric stellte dem Mann einen Scheck über diesen Betrag aus und unterzeichnete dann die notwendigen Papiere.

„Ich denke, das ist eine gute Investition", beteuerte Parr, als er die Tür zum Arbeitszimmer öffnete, um Godric hinauszuführen.

Sie blieben an einem Fensterpaar stehen, das einen ziemlich wilden und ungepflegten Garten zeigte. Godrics Blick wurde auf eine Bewegung gelenkt.

Eine junge Frau kniete in einem Blumenbeet, ein Leinenkittel bedeckte ihr Kleid, während sie sich auf ihre Fersen setzte. Sie wischte sich das Gesicht ab und hinterließ einen Schmutzfleck auf ihrer entzückenden kleinen Nase. Strähnen von kastanienbraunem Haar quollen aus einer kunstvollen, aber scheinbar mühelos gesteckten Frisur. Sie hatte etwas an sich, das in Godric einen seltsamen Nervenkitzel auslöste. Ihr Gesicht und ihre Augen waren lebhaft, leuchtend und offen. Sie sprach mit jemandem, doch sie war allein. Er konnte ihre Worte nicht hören, er konnte nur sehen, wie sich ihre Lippen bewegten. Das verwirrte ihn, bis er einen Schmetterling um ihr Gesicht tanzen sah und sie zu lachen begann. Der unschuldige Anblick zog ihn in seinen Bann. Die junge Frau unterhielt sich mit einem Schmetterling!

Er nickte in Richtung des Fensters. „Wer ist das?"

Parr folgte Godrics Blick, und ein Schatten zog über sein Gesicht.

„Meine Nichte", war alles, was er sagte.

Godric war versucht, weitere Fragen zu stellen, aber er ahnte, dass Parr sich weigern würde, weitere Auskünfte zu erteilen.

„Bitte, lasst mich Euch hinausbegleiten, Euer Gnaden." Parr winkte mit der Hand in Richtung Eingangstür.

Als Godric Parrs Haus verließ, warf er noch einen Blick zurück auf das große alte Haus und fragte sich, warum Parr so ein Geheimnis um seine Nichte gemacht hatte. Immerhin war sie nur eine junge Frau. Eine hübsche junge Frau noch dazu. Lucien hatte recht – er brauchte eine neue Geliebte. Das würde ihn von den Gedanken an eine junge Dame ablenken, die im Garten kniete und sich mit Schmetterlingen unterhielt.

EMILY WUSCH SICH VOR DEM ABENDESSEN. ALS SIE ZU ihrem Onkel ins Esszimmer kam, fand sie ihn bei viel besserer Laune vor.

„Liefen deine Treffen heute gut?", fragte sie, obwohl sie keine Antwort erwartete. Ihr Onkel erzählte ihr normalerweise keine Einzelheiten über seine Geschäfte.

„In der Tat, ja. Mein zweites Treffen war mit einem

wohlhabenden Duke. Er gab mir einen Scheck über zehntausend Pfund."

„Das ist wunderbar, Onkel!" Emily lächelte, und ein Springbrunnen der Erleichterung begann in ihr zu sprudeln. Wenn er gutgelaunt blieb, konnte sie in dieser Saison vielleicht doch mehr Bälle besuchen.

„Morgen kannst du einkaufen gehen. Bestell dir ein neues Kleid. Nur eines, aber etwas Hübsches für die Bälle, die wir in ein paar Wochen besuchen werden."

Emily konnte ihre Freude kaum unterdrücken. *Ein neues Kleid...* Der Gedanke erfreute sie nicht aus albernen mädchenhaften Gründen, so wie früher, als ihre Eltern noch lebten. Nein, es war die Vorstellung, dass sie für ihren ersten Ball anständig aussehen würde, die sie mit Hoffnung erfüllte. Vielleicht hatte sie ja doch eine Chance, das Herz eines Mannes zu gewinnen.

„Und jetzt iss dein Abendessen", brummte ihr Onkel. „Die Köchin sagt, du isst nicht genug. Und streite dich nicht mit mir. Ich bin nicht so arm dran, dass ich es mir nicht leisten könnte, dich zu ernähren."

Emily schluckte ihren Protest hinunter. Er hatte nicht Unrecht. Sie hatte weniger gegessen, um sein Lebensmittelbudget nicht zu sehr zu belasten.

Sie zog ihren Teller mit gebratener Ente zu sich und aß dankbar und ausnahmsweise ohne Bedenken. Ihr Onkel war heute Abend ein wenig entspannter. Er erzählte von der Silbermine, die er in Cornwall gekauft hatte, und dass er glaubte, dass sich ihr Leben dadurch zum Besseren wenden würde.

Später in der Nacht träumte Emily wieder von ihren Eltern, aber dieses Mal war es kein Abschied. Es war ein seltsamer Traum von Inseln, die von dichtem Nebel umhüllt waren. Die beiden waren für sie verloren, furchtbar verloren, aber sie waren noch zusammen. Dieser kleine Trost trieb Emily sogar im Schlaf die Tränen in die Augen.

KAPITEL 3

S*eptember 1820*

GODRIC STARRTE UNGLÄUBIG AUF SEINE Bankunterlagen und dann auf die Berichte, die er gerade von seinem Abgesandten in Cornwall erhalten hatte. Der Mann hatte ihm von all den Problemen mit der Mine erzählt, in die Parr angeblich mit seiner Hilfe investiert hatte, und davon, dass Parr nicht einmal eine Mannschaft dorthin geschickt hatte, um mit dem Abbau zu beginnen. Er erzählte auch, dass die Silberquelle anscheinend schon lange versiegt war. Der Mann hatte Godric gewarnt, sich vor einer möglichen Veruntreuung durch Parr in Acht zu nehmen, und seine Bank hatte dies gerade bestätigt. Parr hatte die ihm zur Verfügung gestellten Mittel dazu verwendet, andere Schulden bei anderen Männern zu begleichen, und nichts davon war in das Minenprojekt geflossen. Parr hatte die ganze Zeit gewusst, dass die Mine trocken war.

„Du siehst ungewöhnlich mörderisch aus. Stimmt etwas nicht?", fragte Ashton Lennox.

Godric blickte von dem unaufgeräumten Haufen Papiere auf, die auf dem Schreibtisch in seinem Büro verstreut lagen, und sah den blonden Baron an, der auf dem Stuhl ihm gegenüber Platz genommen hatte. Ashton hatte die *Morning Post* aufgeschlagen und blätterte im Wirtschaftsteil.

Godric schnitt eine Grimasse. „Ich würde es dir lieber verschweigen." Ashton würde freundlich sein und versuchen, sich mit einem Urteil über seine Dummheit zurückzuhalten, aber Godric würde trotzdem die Enttäuschung in seinen Augen sehen, weil er nicht zuerst zu ihm gekommen war.

Ashton ließ seine Zeitung sinken und hob eine Augenbraue.

„Oh, verdammt noch mal, Ash. Ich habe eine Fehlinvestition getätigt, okay?"

Sein Freund faltete sorgfältig seine Zeitung und legte sie beiseite. „Du hast meine volle Aufmerksamkeit."

Ash war nur ein Jahr älter als er, doch manchmal

fühlte sich Godric in seiner Gegenwart wie ein Schuljunge.

„Ich habe von einem Mann namens Parr gehört und dachte, ich versuche mich mal als Investor." Er hob eine Hand, um Ashton zum Schweigen zu bringen. „Und nein, ich bin nicht zu dir gekommen, und ja, das war eindeutig ein Fehler." Trotz seiner Verlegenheit fiel es ihm leicht, mit Ashton und dem Rest der Liga zu sprechen. Sie waren wie Brüder, miteinander verbunden durch den Tod, durch das adlige Blut, durch das Leben. Ein Band, das tiefer ging, als man sich vorstellen konnte.

„In was hast du investiert?", wollte Ashton wissen.

„Eine Silbermine."

Ashton fuhr sich mit den Fingern über die Lippen, sein Blick war distanziert. „Ah, ja, Silberminen können ein heikles Geschäft sein. Hohe Erträge, wenn sie erfolgreich sind, aber man kann nie wissen, wie groß ein Vorkommen sein wird. Man kann nicht voraussehen, was passieren wird. Es ist viel sicherer, in die Konsolen zu investieren... es sei denn, du wolltest bewusst ein Risiko eingehen?"

„Nicht für zehntausend Pfund", murmelte Godric. Er hatte die Konsolen kurz in Erwägung gezogen, aber es handelte sich dabei um staatlich geförderte konsolidierte Renten, die nur schwer einzulösen waren. Zuverlässig für Investitionen, aber mit sehr geringen steuerlichen Erträgen.

„Nun ja, und was hast du vor, dagegen zu tun?"

„Ich bin mir nicht sicher", erwiderte Godric. „Könntest du mir ein paar deiner schlauen Spione ausleihen?" Godric scherzte nur halb. Ashtons Netzwerk von Informanten waren eigentlich keine Spione, aber die Unterscheidung war bisweilen sehr fein. Ashton benutzte seine Leute, um in London auf dem Laufenden zu bleiben, und durch sie behielt er einen Vorsprung im Geschäft, sodass nur wenige mithalten konnten.

„Ich kann dir jemanden zur Verfügung stellen. Was brauchst du?"

„Ich will, dass Parrs Residenz überwacht wird. Ich will alles über ihn wissen."

„Also gut. Ich werde heute Nachmittag einen Mann zu dir schicken. Vergiss nicht – wir alle haben heute Abend diesen Ball."

„Ich bin nicht in der Stimmung, mit einem Haufen dummer Debütantinnen zu tanzen", knurrte Godric.

„Verständlich. Aber du weißt, wo du uns findest, wenn du uns brauchst." Ashton erhob sich von seinem Stuhl und verabschiedete sich. Godric lehnte sich auf seinem Stuhl zurück, immer noch wütend. Albert Parr hatte ihn zum Narren gehalten, und er würde den Mann dafür büßen lassen. Selbst wenn das bedeutete, dass er ihn auf dem Feld der Ehre herausfordern musste.

EMILY BETRAT DEN GROSSEN BALLSAAL, IHR ONKEL AN ihrer Seite, und sie keuchte vor Freude. Die Tanzfläche war ein Wirbel aus leuchtenden Farben, und feine Damen und Herren fegten wie in einem Märchen an ihr vorbei.

„Lass uns deine Gönnerin, Mrs. Pratchet, suchen. Sie wird dafür sorgen, dass du wenigstens ein paar Tänze hast", schlug ihr Onkel vor.

„Ja, Onkel." Emily folgte ihm pflichtbewusst in das Gedränge am Rande der Tanzfläche.

Mrs. Judith Pratchet, Emilys Gönnerin, war eine alte Jugendfreundin ihrer Mutter und eine innerlich und äußerlich reizende Frau. Sie hatte Emily sofort unter ihre Fittiche genommen, als Albert sich an sie gewandt hatte. An jenem ersten Tag, an dem sie bei den Pratchets Tee getrunken hatte, hätte sie fast geweint vor Erleichterung, wieder weibliche Gesellschaft zu haben.

„Ah, da ist sie ja!" Onkel Albert ging vor ihr her und schob sich auf eine Menschentraube zu. Emily war ein bisschen zu klein, um über die Köpfe einiger dieser hochgewachsenen Männer hinwegzusehen.

Mrs. Pratchet sah ihren Onkel zuerst und schlug mit ihrem Fächer die Männer in der Nähe weg, damit Emily sich nähern konnte. Mrs. Pratchet war immer noch eine atemberaubende Schönheit und hielt mit ihrem amüsanten Ehemann an ihrer Seite Hof.

„Emily, meine Liebe, komm her." Sie bedeutete

Emily, sich neben sie zu stellen. Ihr Onkel nickte ihr kurz zu und verschwand wieder in der Menge.

„Was für eine Nacht. Ich schwöre, jeder in London ist hier." Die Matrone lachte.

Emily lächelte, als sie sich zu Mrs. Pratchet gesellte. „Es ist ziemlich voll", stimmte sie zu und fühlte sich sehr wohl. Waren alle Bälle so?

„Zeig mir deine Tanzkarte, meine Liebe." Mrs. Pratchet nahm die kleine Karte heraus, die an Emilys Handgelenk befestigt war. „Meine Herren, hört mir bitte zu. Stellt Euch jetzt auf", befahl sie. Die jungen Männer um sie herum beeilten sich, ihr zu gehorchen.

Mr. Pratchet beugte sich vor, um Emily etwas zuzuflüstern. „Sie könnte Truppen aufstellen, die es mit dem Duke von Wellington aufnehmen könnten."

Emily kicherte. Sie musste ihm zustimmen.

„Diese reizende junge Frau, Miss Parr, braucht für *jeden Tanz* einen Tanzpartner. Es ist ihr erster Ball, und sie ist die Tochter einer guten Freundin, also benehmt Euch, meine Herren."

Die jungen Männer schrieben sich alle nacheinander auf Emilys Tanzkarte ein. Als das erledigt war, wurde Emily von einem Mann namens Avery Russell auf die Tanzfläche geführt. Er war ein gutaussehender junger Mann mit rotgoldenem Haar und einem sanften Lächeln, das sie sofort beruhigte. Während sie tanzten, erzählte sie ihm ihre Geschichte, und schon bald fühlte sie sich mit dem Mann verbunden, obwohl er wenig über sich selbst erzählt hatte.

„Himmel, Ihr habt mich dazu gebracht, zu viel von mir zu reden, Sir", bemerkte sie.

Avery gluckste. „Ich bitte vielmals um Entschuldigung, Miss Parr. Es ist das Risiko meines beruflichen Interesses, andere reden zu lassen."

Sie wollte ihn fragen, was das für ein Beruf war, aber der nächste Tanz stand schon an. Avery reichte sie an ihren nächsten Partner weiter. Sie schielte auf den unleserlichen Eintrag auf der Karte.

„Das bin ich, fürchte ich." Ein gutaussehender blondhaariger Mann grinste, als er sanft ihre Hand ergriff und sie zurück auf die Tanzfläche führte. „Mein Name ist Graham Humphrey. Zu Euren Diensten."

„Freut mich, Euch kennenzulernen." Emily starrte in seine grauen Augen. Sie leuchteten voller Schalk.

„Seid Ihr Mrs. Pratchets junger Liebling für diese Saison? Wir haben im letzten Monat von Euch gehört. Ihr habt in der vornehmen Gesellschaft viel Aufsehen erregt."

Emily war verblüfft. „Habe ich das?" Sie war nicht die Art von Person, die die Aufmerksamkeit von jemandem auf sich zog. Sie war weder hübsch noch reich genug.

„Oh ja." Graham drehte sie im Kreis und wechselte die Partnerin mit einem anderen Herrn. Es dauerte eine weitere Minute, bis sie wieder zueinanderfanden, aber er machte genau da weiter, wo er aufgehört hatte. „Und ich muss sagen, Ihr enttäuscht mich nicht. Eure Augen sind wunderschön. So eine seltene Farbe, violett...“

Emily spürte, wie ihr Gesicht rot wurde, aber sie konnte es nicht verhindern. Viel zu schnell war der Tanz zu Ende.

„Kent, du bist dran.“ Graham drückte Emilys Hand sanft, bevor sie einem weiteren gutaussehenden Mann übergeben wurde. War der ganze Raum voll mit lauter gutaussehenden Männern? Sie studierte ihre Karte.

„Lord Kent?“, fragte sie und war fassungslos. Sie hatte den Earl of Kent als Partner für diesen Tanz!

„Es ist mir ein Vergnügen, Euch kennenzulernen, Miss Parr.“ Kent verbeugte sich, und Emily machte einen Knicks, aber sie war so überwältigt, mit einem Earl zu tanzen, dass sie Mühe hatte, Worte zu formulieren, als sie zu tanzen begannen.

„Seid... seid Ihr mit Mr. Humphrey bekannt?“, fragte sie schließlich.

„Oh ja, in der Tat. Ich habe die Ehre, diesen Stümper einen guten Freund zu nennen.“ Kents Augen funkelten. Emily musste lachen. Sie hatte Spaß, echten Spaß, nach einem Jahr, in dem sie sich gefangen und allein mit ihrem Onkel gefühlt und den Verlust ihrer Eltern betrauert hatte. Mrs. Pratchet hatte diese Männer gut für sie ausgesucht. Gerade als sie und Lord Kent ihren

Tanz beendet hatten, kam ein dunkelhaariger Mann mit freundlichen Augen auf sie zu.

„Wer ist deine charmante Partnerin, Kent?", fragte er.

„Miss Emily Parr, erlaubt mir, Euch einen wahrhaft guten Mann vorzustellen, James Fordyce, den Earl of Pembroke."

Emily verbeugte sich schnell vor ihm. „Mylord."

„Es ist mir in der Tat ein Vergnügen, Miss Parr. Ihr habt viele meiner Freunde heute Abend so zum Lächeln gebracht, wie sie es seit Jahren nicht mehr getan haben. Bitte sagt mir, dass Ihr einen Tanz für mich frei habt?"

Sie schaute auf ihre Karte und hoffte verzweifelt, dass noch ein Platz frei war. Aber keine einzige Zeile war frei.

„Es tut mir so leid. Meine Gönnerin hat dafür gesorgt, dass sie ausgefüllt wurde, gleich als ich heute Abend ankam. Ich habe nichts frei."

In den freundlichen Augen des Mannes lag Enttäuschung. „Ein anderes Mal vielleicht?"

Emily nickte eifrig. „Ja, natürlich!" Würde er sich erinnern? Sie betete inbrünstig, dass er es tun würde.

„Ich werde dafür sorgen, dass Ihr mit ihm tanzen könnt", versprach Kent. „Er ist der Beste von uns, wisst Ihr. Wenn er noch ehrbarer wäre, würde er einen verdammten Heiligenschein tragen." Kent sprach mit einer so offenen Zuneigung, dass auch Emily sie spürte.

Sie konnte sehen, was für ein guter Mann Pembroke war, obwohl sie ihn überhaupt nicht kannte.

„Es scheint, als hätten sie eine kurze Pause eingelegt." Emily bemerkte, dass die Musiker im hinteren Teil des Raumes in ihrer Darbietung innegehalten hatten. Kent führte Emily zurück zu Mrs. Pratchet, die neben einer schönen jungen Frau stand, die ein oder zwei Jahre älter als Emily war. Sie hatte hübsche braune Augen und kastanienbraunes Haar. Sie strahlte Wärme aus und zog Emily mit Leichtigkeit in ihren Bann.

„Emily, das ist Anne Chessley, die Tochter einer lieben Freundin deiner Mutter."

„Chessley!" Emily hätte fast aufgeschrien. Ihre Mutter hatte so oft von der Mutter dieser Frau gesprochen, dass Emily das Gefühl hatte, sie bereits zu kennen.

„Emily." Anne strahlte sie an. „Es ist so schön, Euch endlich kennenzulernen."

„Ihr zwei Mädchen genießt die Pause, bevor eure Tanzpartner kommen und euch zum Tanz auffordern." Mrs. Pratchet ließ die beiden allein.

„Meine Mutter bewunderte die Eure", sagte Anne etwas schüchtern.

„Und meine hat Eure auch geliebt", antwortete Emily.

Anne nickte einem stämmigen Mann in den Fünfzigern zu. „Das da drüben ist mein Vater." Der Mann lachte herzhaft über etwas, das jemand anderes gesagt hatte. „Es tut mir leid, was mit Euren Eltern passiert ist", fügte Anne ernst hinzu und drückte mitfühlend eine von Emilys Händen.

„Danke." Emily fühlte sich sofort mit dieser jungen Frau verbunden, und sie wusste, dass dies selten war.

„Ist das Eure erste Saison?", erkundigte sich Anne.

„Ja, ich bin erst achtzehn."

Annes Blick wurde plötzlich schelmisch. „Ah, dann lasst mich Euch aufklären. Dies ist meine dritte Saison. Ich kenne jetzt alle Akteure des Spiels. Wie ich sehe, habt Ihr mit Lord Kent getanzt. Er ist ein Gentleman, aber seid vorsichtig in der Nähe seines Freundes Graham Humphrey. Dieser Mann ist ein Wüstling." Anne tippte sich ans Kinn und griff nach Emilys Tanz-karte. „Avery Russell? Dieser Mann stammt aus einer Wüstlings-Familie, aber er scheint nicht wie die anderen zu sein. Seine Mutter, Jane, ist allerdings reizend. Nun, ich glaube, ich habe gesehen, wie Lord Pembroke sich Euch genähert hat."

„In der Tat." Emilys Stimme überschlug sich fast. „Lord Kent sagt, er sei ein wahrer Gentleman."

„Aber sicher." Anne senkte ihre Stimme. „Aber er und Kent gehören zu einer Gruppe, die man den Club der verruchten Earls nennt."

„Die was?" Emily wollte fast lachen, weil der Name so albern klang. Verruchte Earls? Was würde als Nächstes kommen?

„Nun, es ist ein Club mit Earls als Mitgliedern. Ich weiß ehrlich gesagt nicht viel darüber, außer, dass es sich um einen Skandal handeln muss. Warum sollten sie sich sonst *verrucht* nennen?"

„Sie haben *sich selbst* als verrucht bezeichnet?" Emily fand das seltsamerweise reizvoll und überhaupt nicht beängstigend. „Es muss ihnen gefallen, dass andere sie so sehen. Vielleicht um ihnen einen Hauch von Rätselhaftigkeit zu verleihen?"

Anne lächelte. „Ich mag Euch, Emily. Ihr seid nicht wie die anderen Frauen, die ich kennengelernt habe, außer den Sheridan-Schwestern. Ich wünschte, sie wären heute Abend hier. Ihr würdet sie in Euer Herz schließen. Wir vier, wir sind *anders*", erklärte Anne mit Stolz.

„Ich wage zu behaupten, dass das eine gute Sache sein muss."

„Ganz bestimmt", beteuerte Anne.

Emily und Anne schlenderten an den Gruppen von Menschen vorbei. Dann blieb Anne stehen, ihr Gesicht lief rot an.

„Was ist denn los?"

Anne schluckte und versuchte, ihre Fassung wiederzuerlangen. „*Sie* sind gekommen."

Emily sah sich in der Menge um, um zu erkennen, wer eine solche Reaktion bei ihrer neuen Freundin hervorrufen konnte. „Wer?"

Anne zeigte auf eine Gruppe von Männern, die halb im Schatten verborgen waren. „Die da.“

Es waren vier Männer in dieser Ballung einschüchternder Männlichkeit. Emily war überrascht, dass sie sie bei ihrem flüchtigen Blick übersehen hatte, aber jetzt wurde ihr klar, warum sie unbemerkt geblieben waren – weil das ihre Absicht war. Sie standen am Rande des Ballsaals, wo das Lampenlicht in goldfarbene Schatten überzugehen begann. Die Menschen in ihrer unmittelbaren Umgebung schienen sie nicht zu bemerken, und doch machten alle einen großen Bogen um sie. Diese Gruppe von Männern hatte etwas Anziehendes aber auch fast Beängstigendes an sich, so als ob sie gemeinsam einen Mantel der Macht um sich hätten.

„Wer sind sie?“, fragte Emily mit leiser Stimme. Es lag heute Abend ein seltsames Knistern in der Luft. Die unsichtbare Energie ließ ihre Haut fast prickeln.

„Das ist die Liga der Schurken.“ Anne schürzte die Lippen, als sie die Gruppe studierte. „Einer fehlt allerdings.“

„Die Liga?“

„Ja, sie treffen sich regelmäßig im Berkley's, und sie sind zweifellos die gefährlichsten Männer, denen Ihr je begegnen werdet. Stellt Euch ihnen nicht vor, wenn Ihr es vermeiden könnt.“

Emily konnte eine gewisse Faszination nicht leugnen. Natürlich war das nicht die Art von Männern, die sie für eine Heirat in Betracht ziehen würde, aber gutaussehende, gefährliche Männer waren immer eine amüsante Ablenkung für ein paar alberne Tagträume, und Emily war ehrlich genug, um zuzugeben, dass sie sich den einen oder anderen Tagtraum gönnte.

„Wie heißen sie?", hakte sie nach.

„Der links, der mit den goldenen Haaren, der ein bisschen kleiner ist als seine Freunde, das ist Charles Humphrey, der Earl of Lonsdale. Ihr habt mit seinem jüngeren Bruder, Graham, getanzt."

„Ja, er und Graham sehen wie Brüder aus. Was ist mit ihm?"

Anne lehnte sich ein wenig vor. „Er ist ein Meister des Faustkampfes. Es wird gemunkelt, dass niemand ihn im Ring schlagen kann, deshalb kämpft er in Untergrundkämpfen."

„Faustkampf?" Emily hatte noch nie Männer boxen sehen. Der Gedanke machte ihr Angst, dass sich zwei Männer als Sport so heftig schlagen würden. Wie konnte dieser lächelnde Mann brutal genug dafür sein? Emily richtete ihren Blick auf den Mann neben ihm.

„Und der größere Mann neben ihm?" Dieser flachshaarige Mann hatte einen sehr intensiven Blick. Emily hatte das Gefühl, dass er selten lächelte, weil er zu sehr damit beschäftigt war, alles um sich herum aufzunehmen. Er beobachtete. Analysierte. Beurteilte. Sein Blick berührte sie kurz, bevor er zu den anderen um sie herum abglitt.

„Das ist Ashton Lennox, ein Baron. Er ist ein Meister der Geschäfte und Investitionen. Der rothaarige Mann neben ihm ist Lucien Russell, der Marquess of Rochester. Er ist der ältere Bruder von Avery Russell. Erinnert Ihr Euch, dass ich Euch vor der gesamten Familie Russell gewarnt habe? Lucien ist der Grund."

Emily konnte eine leichte Ähnlichkeit zwischen diesem Lucien und Avery erkennen, aber Luciens Haar war dunkler und von einem tieferen Rot. Sein hübscher Mund verzog sich zu einem verschlagenen Grinsen, als wäre er in einen geheimen, dunklen Witz eingeweiht, während er die Menge beobachtete.

„Was ist so gefährlich an ihm?", wollte Emily wissen.

Annes Gesicht errötete, als sie sich näher an sie heranlehnte. „Manche sagen, er habe einen besonderen Geschmack im Schlafzimmer, er fessele Frauen gerne ans Bett..."

„Um ihr wehzutun?" Eine kleine Ranke der Angst schlängelte sich ihren Rücken hinunter. Das vergoldete Lampenlicht am Ende ihrer schattenhaften Gruppe verlieh seinem Haar einen fast engelhaften Schimmer. Doch dieser Mann hatte nichts Engelhaftes an sich, außer vielleicht seine scharfen Gesichtszüge.

„Nein..." Anne hielt inne. „Nach allem, was ich

gehört habe, bereitet er ihnen das größte Vergnügen, und er genießt die volle Kontrolle über eine Frau im Bett." Annes Tonfall wurde dann von Zweifeln geprägt. „Ich weiß nicht, wie das möglich sein soll, aber das sagt man."

Anne schürzte die Lippen, als sie und Emily zum vierten Mann in der Gruppe blickten.

„Und der Mann mit dem braunen Haar? Er hat freundliche Augen", bemerkte Emily. Dieser letzte Mann bewegte sich mit einer energischen und doch unendlich kontrollierten Anmut, während er mit seinen Begleitern sprach und sich gelegentlich umdrehte und über etwas lachte.

Anne sah weg, bevor sie antwortete. „Das ist Viscount Sheridan. Er ist ein hervorragender Sportsmann. Er wählt bei jedem Rennen die besten Pferde aus, und er ist ein ausgezeichneter Jäger, sowohl zu Fuß als auch zu Pferd."

„Ihr sagt das, als ob Ihr ihn kennt", stellte Emily fest.

Annes Blick wanderte zu ihrem Vater. „In gewisser Weise. Cedric ist fest entschlossen, seine Stuten mit einigen Hengsten meines Vaters zu paaren."

„Euer Vater ist Pferdezüchter?", fragte Emily mit echtem Interesse.

„Ja, er und ich haben beide Spaß an diesem Hobby".

„Das ist schön. Ich würde gerne mehr über die Pferdezucht erfahren. Ich reite so gerne", gestand Emily.

„Mein Onkel musste mein Pferd verkaufen, bevor ich zu ihm gezogen bin."

Annes Augen weiteten sich. „Wie schrecklich! Dann werdet Ihr jeden Tag mit mir ausreiten. Ich dulde keine Widerrede. Wir haben viele Pferde, und sie brauchen alle Bewegung. Außerdem kenne ich Orte, wo wir galoppieren können, ohne dass uns jemand anglotzt." Anne kicherte.

Emily wandte sich wieder der Liga zu. „Ihr sagtet, es seien fünf. Wer ist der fehlende Gentleman?"

„Der Duke of Essex, Godric St. Laurent. Er kommt nur selten zu diesen Bällen. Man munkelt, er habe sich kürzlich von seiner Geliebten, einer Französin, getrennt."

„Ach, und die anderen? Haben die alle Geliebte?"

Anne zog eine Grimasse. „Eher Eroberungen. Wie ich schon sagte, ist es am besten, sich von ihnen fernzuhalten. Glaubt mir. Ihr werdet in dieser Gruppe keinen potenziellen Ehemann finden."

Emily sah noch einmal zu den Männern und fragte sich, ob sie Anne etwas angetan hatten, aber sie wagte nicht, nachzuhaken.

Die Musiker kehrten auf ihre Plätze zurück und bereiteten sich auf eine weitere Runde Tanzmusik vor.

„Wir sollten Mrs. Pratchet und unsere neuen Tanzpartner suchen gehen", meinte Anne. Sie wandten sich von der Liga ab und begaben sich zu ihrem verlockenden

und beängstigenden Schattenplatz auf der gegenüberlie-
genden Seite des Ballsaals.

Für den Moment waren die Liga und die Dutzenden
von Fragen, die dieser Verein in Emilys Kopf aufge-
worfen hatte, vergessen, denn Emily erblickte Mrs. Pratchet, die mit einem lächelnden jungen Mann an ihrer
Seite auf sie wartete. Sie grinste den Mann an, als er sie
auf die Tanzfläche führte. Emily fühlte sich, als würde sie
auf Luft tanzen, während die Nacht in goldenes Licht
getaucht wurde.

KAPITEL 4

E *inen Tag später*

„DU VERDAMMTER SCHURKE, DAFÜR WERDE ICH DICH köpfen!", knurrte Lord Upton und störte damit die leisen Gespräche im Berkley's.

Cedric Sheridan sah den Mann finster an. „Ich habe Eure Tochter nie angerührt, Upton. Sie ist viel zu langweilig für meinen Geschmack!", brüllte Cedric zurück.

Upton, dessen gepuderte Perücke schief saß, stürzte nach vorn und hob die Hände, als wolle er Cedric erdrosseln, doch ein anderer Herr legte Lord Upton eine beruhigende Hand auf die Schulter.

„Bitte, Mylord, verfolgt diese Angelegenheit nicht

weiter. Er ist einer von *ihnen*." Der Herr, der sich einmischte, flüsterte dies ein wenig zu laut. Die Karten wurden gesenkt, und die Brandygläser gefroren an den Lippen, während die Menge im Card Room abwartete, wie sich die Dinge weiterentwickeln würden.

„Einer von welchen?", fauchte Upton, dessen Gesicht vor Wut errötete.

„Lord Sheridan ist ein Mitglied der *Liga*. Ihr habt doch sicher schon von ihnen gehört?"

Lord Upton wurde ganz blass. „Die Liga?"

Der Mann nickte.

Upton musterte Sheridan. „*Die* Liga?"

Ein weiteres Nicken.

„Verflixt und zugenäht." Upton bekam einen finsteren Blick und machte keinen weiteren Schritt auf Cedric zu, der diesen Schlagabtausch amüsiert verfolgt hatte, obwohl er auf einen Kampf vorbereitet war.

Als klar war, dass Lord Upton nichts mehr sagen würde, wandte Cedric der Zuschauermenge den Rücken zu und ging zum Bombay Room, einem privaten Bereich, den er und seine engsten Freunde als zweites Zuhause betrachteten.

Lucien grinste ihn von der Tür aus an, die Arme vor der Brust verschränkt. „Wie ich sehe, beschuldigt Lord Zugeknöpft – pardon, *Upton* – jeden Mann, den er sieht, seine fade Tochter verführt zu haben. Jemand sollte dem alten Knaben klarmachen, dass niemand sie will. Ja, sie ist hübsch, aber sie ist eine Göre, und eine fade noch dazu." Lucien gluckste.

Cedric brummte und betrat hinter Lucien den Raum. Cedric war stolz auf seine Verführungskünste, und es war eine verdammte Beleidigung seines Stolzes, dass Upton ihn beschuldigte, seine Tochter verführt zu haben. Cedric mochte Mädchen, die eine verspielte Seite hatten. Das Lachen einer Frau – ein echtes, glückliches Lachen – machte jede Frau schön. Und Uptons Tochter lachte nicht.

Im Bombay Room spielten Ashton und Charles eine Partie *Écarté*.

„Charles, hast du nicht gesagt, dass Godric kommt?", fragte Ashton.

Godrics Abwesenheit war ungewöhnlich. Er hatte auch den Ball gestern Abend verpasst, was nicht seine Art war, wenn er wusste, dass Cedric und die anderen dort sein würden. Sie besuchten solche Veranstaltungen gemeinsam, wie es sich gehörte, und genossen es, am Rande der Tanzfläche zu verweilen und aufgeregte Debütantinnen mit leuchtenden Augen und ihre intriganten Mütter zu verscheuchen, die auf Heirat aus waren.

„Vielleicht sollte einer von uns eine Nachricht zu ihm nach Hause schicken", schlug Ashton vor. Als der Älteste der Liga war er manchmal ein bisschen wie eine

Glucke, sehr zur Belustigung der anderen, zumindest wenn sein Gegacker nicht auf sie gerichtet war.

Charles' Lippen zuckten um seine Zigarre, während er seine Karten studierte. „Verdammt, dieses Blatt ist Müll." Er schlug mit der Hand auf den Tisch und klopfte seine Zigarre auf einem Aschenbecher in der Nähe ab, bevor er antwortete. „Ich habe dir gesagt, dass er herkommt. Warum bist du so besorgt?"

Cedric und Ashton tauschten einen Blick aus, und Cedric rollte mit den Augen. Charles machte sich nie um etwas Sorgen.

„Du kennst Godrics Temperament. Er ist wütend auf diesen Parr", erklärte Ashton.

„Ist dieser Parr der Mann, bei dem er investiert hat?" Lucien schenkte sich und Cedric einen Brandy ein und reichte Cedric ein Glas.

Cedric nahm einen Schluck und setzte sich zu Charles und Ashton an den Kartentisch. „Und der Mann, von dem Godric glaubt, dass er Geld veruntreut hat."

Ashton legte seine Karten behutsam ab, und Cedric versuchte, nicht zu lachen, als er bemerkte, dass Ashtons Blatt weitaus schlechter war als das von Charles. Charles' impulsive Art hatte ihn das Spiel verlieren lassen, und er schien das nicht einmal zu bemerken.

Ashton fuhr fort. „Parr war ein verdammter Narr, Godric zu betrügen. Godric sagte, dass die Mine nicht in Betrieb ist und dass Parr über alles gelogen hat. Offenbar hat er Godrics Geld benutzt, um seine Schulden bei anderen Investoren zu begleichen."

„Herrgott, woher zum Teufel weißt du das alles, Ash?", wunderte sich Lucien. Er war gerade dabei, die Brandy-Karaffe wegzustellen, als Charles höflich hustete.

„Sag mal, Lucien, könntest du mir auch einen Brandy bringen?" Charles warf Lucien ein schiefes Grinsen zu. Lucien seufzte und kehrte zurück, um Charles ein Glas einzuschenken.

„Prost!" Charles hob sein Glas auf Lucien.

Dieser verdammte Charles muss immer der Mittelpunkt von allem sein, dachte Cedric.

Cedric lenkte das Gespräch wieder auf das wichtigste Thema. „Also, wegen Parr. Was denkt ihr, wird Godric tun?"

„Nichts allzu Ernstes, hoffe ich", meinte Ashton. „Aber Godric ist wütend über diese Angelegenheit. Obwohl ich mir nicht vorstellen kann, warum. Der Betrag ist für ihn sicher eine Kleinigkeit."

Lucien griff nach einer Zigarre und zündete sie an, dann paffte er einen kleinen Rauchring in die Luft, während er über Godrics Lage nachdachte. „Ash, er hat Angst zu versagen."

„Warum?", schaltete sich Charles ein.

„Weil er glaubt, dass er dazu nicht in der Lage ist?", vermutete Ashton.

„Ganz im Gegenteil. Er wünscht sich, etwas zu können, und er fürchtet, nichts richtig zu können", erwiderte Lucien.

Ashton verschränkte die Finger. „In vielerlei Hinsicht ist er das Herzstück von uns. Sein Talent ist es, uns zusammenzubringen." Ashtons Stimme war voller brüderlicher Zuneigung.

„Ash", warf Cedric ein. „Wie hast du von dieser Parr-Sache erfahren?"

„Ich war bei ihm im Arbeitszimmer, als er von der von Parr eingefädelten List erfuhr."

„Ich vermute, er hat es nicht gut aufgenommen? Wie viele Ming-Vasen wird Simkins versuchen müssen, wieder zusammenzusetzen?"

Godrics Temperament war legendär, und sein Stadthaus war voll von unbezahlbaren Antiquitäten, darunter einige Vasen aus der Ming-Dynastie.

Godric würde niemals einem unschuldigen Mann oder einer unschuldigen Frau etwas antun. Er hatte ein gutes Herz und war bekannt dafür, freundlich zu sein. Aber wenn ihm jemand in die Quere kam – vor allem, wenn ihm jemand wissentlich Unrecht tat –, dann würde derjenige keine Gnade erfahren.

„Ich bin mir ziemlich sicher, dass die umliegenden Anwesen um sein Stadthaus herum von seinem Ärger mit Parr gehört haben. Ich werde die nächste Woche taub sein von dem ganzen Gebrüll."

„Armer Ash", kicherte Charles.

„Ja, armer Ash", knurrte Ashton. „Keiner von euch hat je versucht, den Mann zu zügeln, wenn er aufbrausend wird."

Lucien paffte wieder an seiner Zigarre und grinste. „Das liegt daran, dass wir es besser wissen."

„Nun, genug von Godric. Cedric, wie geht es deinen Rennreitern?", fragte Charles.

Cedric lehnte sich in seinem Stuhl zurück. Jedes Thema, das mit der Jagd oder anderen Aktivitäten im Freien zu tun hatte, beruhigte ihn sehr. Er bezeichnete sich selbst immer als Mann der Pferde und Hunde, und das war keine Übertreibung. Er war einer der wenigen Männer, die beim Pferderennen das Glück des Teufels auf ihrer Seite und nie Spielschulden hatten. Auf seinem Anwesen in der Nähe von Brighton lebten einige der besten Foxhounds und die besten englischen Vollblüter.

„Ich möchte gerne mit der Zucht von Rennpferden beginnen. Ich habe zwei elegante Zuchtstuten gekauft, aber ich habe Schwierigkeiten, einen Deckhengst zu finden. Ich hatte gehofft, Lord Chessleys Tochter zu umwerben und so ihren Vater davon zu überzeugen, mir das Deckrecht für meine Stuten mit seinen besten Hengsten zu gewähren."

„Bist du sicher, dass du dir das Zuchtrecht für die Pferde sichern willst und nicht für die Dame?" Luciens Augen funkelten schelmisch. Die Kunst der Verführung war Luciens Stärke. Er kannte alle in Frage kommenden Damen jeder Saison und hatte die meisten von ihnen schon einmal gekostet.

„Willst du andeuten, dass meine Absichten gegenüber Miss Chessley nicht ehrenhaft sind?"

Dies war das zweite Mal, dass Cedrics Ehre angezweifelt wurde. Normalerweise genoss er die Herausforderung, eine Dame von Rang zu verführen, sehr. Er hatte nur wenige Geliebte gehabt und bevorzugte stattdessen kurze, aber feurige Begegnungen mit seinen Eroberungen. Aber Anne Chessley war anders als die anderen, nicht dass Cedric genau sagen könnte, wie. Wenn er beschloss, sie zu verführen, war das seine Sache. Außerdem liebten seine kleinen Schwestern Audrey und Horatia Anne abgöttisch. Er konnte nichts tun, was eine von ihnen verärgern würde. Seitdem er seine Eltern verloren hatte, beschützte er seine Schwestern vor der Welt und all ihren dunklen Gefahren.

„Mich dünkt, Cedric protestiert zu viel", witzelte Lucien.

Cedrics Gesicht errötete, und bevor er reagieren konnte, wurde die Tür zu ihrem Privatraum aufgestoßen. Eine dunkle Gestalt stand in der Tür, und ihre Stimmung war zum Morden.

G ODRIC HATTE DEN GANZEN T AG DAMIT VERBRACHT, seine Rache an Albert Parr zu planen. Doch bis er handelte, würde sich seine Wut weiter in ihm aufstauen. Gereizt fuhr er sich mit einer Hand durch die Haare, um sie aus den Augen zu bekommen. Er ließ seinen Blick durch den Raum schweifen. Seine Freunde starrten ihn unbeweglich an, und er verkniff sich ein Lachen angesichts ihrer erschrockenen Gesichter. Er musste in diesem Moment ein ziemlicher Schrecken sein.

„Brandy. Jetzt", schnappte er, zog seinen Mantel aus und warf ihn über die Lehne eines Stuhls.

Charles nickte zu Godrics Mantel. „Du weißt doch, dass die Jungs an der Eingangstür die einsammeln, oder?"

Godric ignorierte ihn und ging zum Fenster, von dem aus er die Straße darunter überblickte. An den Rändern des Horizonts begann es zu dämmern.

Ashton verließ seinen Platz und schenkte Godric einen Brandy ein. „Deinem Verhalten entnehme ich, dass du dich entschieden hast, was mit Albert Parr geschehen soll? Ich habe den anderen deine Situation erklärt."

Godric seufzte und drehte sich wieder zu seinen Freunden um. Lucien nahm den Platz von Ashton ein und sammelte die verstreuten Karten ein. Er mischte sie für ein neues Spiel, während Ashton Godric ein Glas reichte.

„Das habe ich. Aber ich bezweifle, dass es dir

gefallen wird, Ash", sagte Godric nach einem langen Schluck.

„Es geht also um Vergeltung auf dem Feld der Ehre?"

Duelle waren trotz ihrer morbiden Ergebnisse immer noch eine einfache und wirkungsvolle Möglichkeit, gewisse Dinge zwischen Gentlemen zu regeln. Und obwohl Godric wusste, dass er ein Schurke war, hatte er immer noch einen Rest von Gentleman-Ehre in sich.

„Ja, ich glaube, ich muss..."

„Warte einen Moment", unterbrach ihn Lucien. „Godric, es gibt vielleicht eine Alternative für das Parr-Problem." Er legte ein Exemplar der *Quizzing Glass Gazette* auf den Kartentisch, deckte die Karten ab, mit denen er spielen wollte, und schlug die Gesellschafts-seiten auf.

Godric und Ashton beugten sich vor. Der Artikel dort war fett gedruckt, und Godric konnte sehen, was Lucien als Rache vorhatte.

Charles blickte sich mit hochgezogenen Augen-brauen nach ihm und den anderen um. „Was? Diese Sache mit den Krawatten, die es bei Madame Borbon zu kaufen gibt? Ich liebe ein gutes Halstuch wie jeder andere Mann auch, aber was hat das mit Parr zu tun?"

Godric seufzte und zeigte auf eine Nachricht, die einige Zentimeter über der Anzeige stand.

„Miss Emily Parr, die gestern Abend der Gesellschaft vorgestellt wurde, ist die Tochter von Robert und Clara

Parr, die beide verstorben sind, und lebt derzeit unter der Vormundschaft ihres Onkels Albert Parr. Heute Abend hat sie ihren zweiten Auftritt beim jährlichen Septemberball auf Lord Chessleys Landsitz“, las Godric vor.

„Parr hat eine Nichte? Ist sie attraktiv?“, ereiferte sich Cedric.

„Das würde ich annehmen“, antwortete Lucien. „Allerdings hätte ich schon längst von ihr gehört, wenn sie eine echte Schönheit wäre.“

„Ich würde sagen, sie ist ziemlich attraktiv“, überlegte Godric.

„Du hast sie gesehen?“

„Nur für einen kurzen Moment, als ich Parr in seinem Haus traf. Sie war im Garten. Wir wurden uns nicht vorgestellt.“

Lucien schmunzelte. „Also, siehst du die Gelegenheit?“

„Das tue ich.“ Godric konnte nicht anders als zurückzugrinsen. Mit diesem neuen Plan im Kopf fühlte er sich schon *viel* besser. „Hat jemand Interesse an einer Entführung?“

Charles warf fast seinen Stuhl um, als er aufsprang und seine Hand in die Luft streckte.

„Auf jeden Fall! Ich habe noch nie jemanden entführt.“ Charles hüpfte fast wie ein übereifriger Schuljunge.

„Entführung, wie?" Ashton lächelte, sein Gesichtsausdruck war amüsiert. „Ich habe in meiner Jugend mit ein paar davon Erfolg gehabt."

„Also entführen wir Parrs Nichte. Aber warum?", fragte Charles. „Ich meine, außer zum Spaß." Er hatte offensichtlich die Bedeutung des Plans noch nicht begriffen.

„Erpressung, natürlich", erklärte Ashton.

„Genau. Wenn sich herumspricht, dass das junge Mädchen bei mir zu Gast war, und wenn gewisse Kreise verbreiten, dass sie die Zeit mit mir allein sehr *genossen* hat, wird sie nie einen passenden Partner finden. Parr wird entweder einen Weg finden müssen, mir mein Geld zurückzuzahlen, bevor ich ihren Ruf ruiniere, oder er wird darunter leiden, dass er eine Schutzbefohlene hat, das er nie verheiraten kann."

Godric hatte nicht die Absicht, das Mädchen zu kompromittieren, zumindest nicht körperlich. Sie auf seinem Anwesen gefangen zu halten, wäre mehr als genug, um ihrem Ruf zu schaden, sollte jemand davon erfahren. Emily Parr würde in seiner Obhut vollkommen sicher sein, was angesichts dessen, wer er sonst war, eine ziemliche Ironie war.

„Aber wenn du ihre Tugend bedrohst, könnte Parr verlangen, dass *du* das Mädchen heiratest, um ihren Ruf zu retten", wandte Cedric besorgt ein. „Das wäre sein gutes Recht."

„Was könnte ein Gentleman ohne Adelstitel tun, um mich zu zwingen, die kleine Göre zu heiraten? Nicht das Geringste, und ich weiß, dass er auch keine Genugtuung verlangen wird." Godric hatte Macht und Einfluss auf seiner Seite, ebenso wie königliche Verwandte.

„Sie ist eine Debütantin, nicht wahr?", hakte Lucien nach.

„Wenn man den Zeitungen glauben kann", erwiderte Godric.

„Ich nehme an, du könntest gut mit ihr umgehen. Wie alt ist sie, achtzehn?"

Die Männer lachten alle. Keiner von ihnen hatte es auf unschuldige junge Dinger abgesehen, seit sie selbst jünger und unschuldiger gewesen waren. Sie waren alle zu einem zufriedenen Junggesellendasein herangereift und zogen es vor, Frauen zu verführen, die mehr von Welt waren.

„Wie willst du das Mädchen vor ihrem Onkel verstecken?", fragte Ashton, wie immer der Stratege.

„Ich werde sie natürlich nicht in London behalten. Ich werde sie auf mein Anwesen in Essex bringen." Er spürte, wie sich der Plan zusammenfügte, als er sich mit dieser neuen und gefährlichen Idee auseinandersetzte.

Ashton warf Godric einen kurzen Blick zu und nahm einen Schluck von seinem Brandy. „Du traust dir zu, das Kindermädchen einer Debütantin zu spielen? Sie wird wahrscheinlich vor Schreck in Ohnmacht fallen und alle möglichen Dummheiten machen."

„Ich erwarte keine Probleme. Sie ist noch ein Kind."

Dies brachte ihm ein einstimmiges Spottgelächter von seinen Freunden ein.

„Warst *du* mit achtzehn noch ein Kind?", schnaubte Lucien. „Ich weiß, dass ich es nicht war."

„Was ich meine", ergänzte Ashton, „ist, dass wir dieses Mädchen nicht unterschätzen sollten. Sie hat vielleicht ein paar Krallen. Die meisten Frauen haben welche, selbst in jungen Jahren."

„Es gibt doch Möglichkeiten, die Krallen einzuziehen, oder?" Godric kicherte. Es amüsierte ihn immer wieder, wie sein gutes Aussehen und sein Titel eine Frau beeindrucken konnten, und ein paar innige Küsse und geschickte Liebkosungen konnten sie geschmeidig und bereit machen, ihm gefallen zu wollen. Er würde einfach seine Waffen einsetzen, falls die kleine Miss Parr sich entschließen sollte, Ärger zu machen. Da sie so jung und unschuldig war, konnte er sie wahrscheinlich sogar ohne irgendwelche Berührung seinem Willen unterwerfen. Ein glühender Blick von ihm würde genügen. Das arme Kind hatte keine Chance.

„Nun gut, dann. Wir werden Miss Parr entführen. Wann soll das stattfinden?", fragte Cedric.

Godric lächelte über die unerschütterliche Loyalität, die hinter Cedrics Verwendung des Wortes „*wir*" stand.

„Heute Abend. Wir wissen genau, wohin sie unterwegs sein wird." Er deutete auf die Zeitung auf dem Tisch.

Ashton stimmte zu. „Heute Abend ist ideal. Ich nehme an, dass ihr Onkel eine Kutsche mieten wird, um sie zu Lord Chessleys Ball zu bringen. Wir können den Kutscher dafür bezahlen, dass er einen Abstecher zu einem Ort unserer Wahl macht, damit wir das Mädchen in unsere Obhut nehmen können. Solche Männer sind leicht zu kaufen."

Godric hob sein Glas und prostete dem blonden Baron zu.

„Was soll ich mitbringen? Eine Maske? Ein Paar Pistolen? Eine einzelne Rose, die wir als geheimnisvolle Visitenkarte zurücklassen?" Charles ratterte aufgeregt seine Fragen herunter. Die anderen verdrehten entnervt die Augen.

„Hast du wieder diese Schauerromane von Mrs. Radcliffe gelesen, Charles?", fragte Lucien mit einem gequälten Gesichtsausdruck.

Charles' Gesicht errötete und verriet ihn. Godric und die anderen lachten.

„Bring eine Pistole mit, nur zum Schein. Keine Maske. Und sei heute Abend um acht Uhr in meinem Stadthaus", wies Godric ihn an.

Charles' Gesicht verzog sich vor Enttäuschung. „Keine Maske?"

„Charles", mischte sich Ashton mit einem verwirrten

Kichern ein. „Frauen fallen beim Anblick von maskierten Männern nicht in Ohnmacht. Sie schreien sofort und fallen erst dann um. Das ist ziemlich frustrierend und erregt unnötig Aufmerksamkeit. Wenn sich das Mädchen wehrt, nehmen wir Laudanum."

Charles hob gleichermaßen bewundernd und neugierig eine Braue. „An wie vielen Entführungen warst du denn schon beteiligt, Ash?"

„Genug, um zu wissen, wie man es richtig macht", versicherte ihm Ashton, aber nichts weiter.

„Sind alle Willens, das zu tun?", fragte Godric. Er würde keinen von ihnen verurteilen, wenn sie nicht mitmachen wollten.

Ein zustimmendes Gemurmel von Männerstimmen hallte in ihrem privaten Raum wider.

Godric lächelte. „Nun gut. Wenn diese Angelegenheit erledigt ist, dann kannst du bitte die Karten austeilen, Lucien?"

Das war der Abschluss einer weiteren typischen Versammlung der Liga der Schurken.

VIELEN DANK, DASS SIE „*EIN SCHURKISCHER Anfang*" gelesen haben! Ich hoffe, diese zusätzliche Novelle hat Ihnen gefallen! Das nächste Buch der Serie ist „*Der Earl of Morrey*"! Schlagen Sie die Seite um, um das erste Kapitel zu lesen!

DER EARL OF MORREY

uszug aus der Quizzing Glass Gazette, 10. September 1822, die Rubrik von Lady Society:

Meine geliebten Damen,

Ich bin zurückgekehrt, um Euch den köstlichsten Klatsch und Tratsch zu verkünden. Vor Kurzem bin ich auf die Existenz eines bestimmten Clubs aufmerksam geworden, der sich „Club der verruchten Earls" nennt. Nur die verruchtesten Earls sollen dort Mitglied sein. Natürlich sind mir dabei Gedanken von höchst gefährlicher Natur durch den Kopf gegangen. Wer gehört zu diesem Club, und kennen wir sie bereits? Ist der höfliche Earl, mit dem wir gestern Abend auf Lady Allertons Ball getanzt haben, wirklich so, wie er sich gibt? Steckt mehr hinter dem großen, dunkelhaarigen Gentleman, der seinen Hut lüftete, als er diesen Herbst im Hyde Park an uns vorbeiritt?

ICH BIN DER NEBEL. ICH BIN DAS MONDLICHT. ICH bin der Rauch einer erloschenen Kerze. Ich bin der Schatten, den du nicht siehst, sondern nur fühlst...

Adam Beaumont, der Earl of Morrey, ließ die Worte seines persönlichen Mantras über und durch sich fließen, bis er sie für wahr hielt. Als er sich durch den überfüllten Ballsaal im Hause von Lady Allerton bewegte, wirkten die Worte als subtiler Zauber. Sie machten ihn fast unsichtbar für die Damen, die um ihn herum auf der Jagd nach einem Ehemann waren, sowie deren Kupplerinnen, die die Jagd anführten. In Anbetracht der Tatsache, dass er ein unverheirateter, junger und attraktiver Gentleman mit einem Adelstitel war, war das ein ziemliches Kunststück. Wenn die ton wüsste, was für ein Mann er wirklich war, wären diese jungen Frauen und ihre Mütter nicht so erpicht darauf, ihn zu erobern.

Er ließ seinen Blick über jedes Gesicht im vollbesetzten Ballsaal schweifen, suchte nach dem listigen Schimmer in einem Augenpaar oder einem allzu wachsamen Blick in seine Richtung. Er lauschte aufmerksam auf kluge Gespräche, die darauf abzielten, Informationen zu sammeln, die am besten verborgen blieben.

Eine geladene Pistole wäre heute Abend ein willkommener Begleiter gewesen, aber er konnte eine so sperrige Waffe nicht auf sich tragen. Nein, der einzige Freund, den er heute Abend bei sich hatte, war der schlanke Dolch, der unter seiner Weste flach gegen die Brust drückte. Er wagte es nicht zu tanzen, damit sich die Klinge nicht löste und zu einer Gefahr für ihn wurde.

Wenn die ton nur wüsste, was für ein Mann in ihrer Mitte stand. Ein Mann, dessen Aufgabe es war, jede Bedrohung für die Krone auszulöschen. Ein Agent Seiner Majestät, der für die Sicherheit der Monarchie und den Schutz des Königreichs vor fremden Gefahren sorgte. Er war das Messer in der Dunkelheit, das jedem das Leben nahm, der hierher kam, um seinem Volk zu schaden. Es war ein Joch, das Adam nie gewollt hatte, aber er hatte kaum eine Wahl gehabt.

Viele dachten, dass Kriege auf dem Schlachtfeld beginnen und enden, aber Adam kannte die düstere Wahrheit. Kriege begannen in Salons und Ballsälen, wo Männer ihre Wachsamkeit aufgaben und zur Zielscheibe von Spionen und Attentätern wurden. Das hatte er gelernt, nachdem er seinen Freund Lord Wilhelm verloren hatte. Es war zwei Jahre her, dass er hatte mitansehen müssen, wie ein französischer Spion seinem lieben Freund das Leben nahm.

John Wilhelm hatte auf einer Brücke über der Themse mit einem französischen Attentäter gekämpft. Adam war zu spät hinzugestoßen, um den Mann daran zu hindern, John ein Messer in den Rücken zu treiben, aber John hatte den mörderischen Bastard mit sich über die Brücke und in das dunkle, reißende Wasser darunter gerissen. Adam war zu der Stelle geeilt, an der sein Freund in die Tiefe gefallen war, und hatte sich selbst über die Brüstung ins Wasser gestürzt. Der Sturz hatte ihn fast umgebracht, und es war umsonst gewesen. Er hatte das Wasser eine gefühlte Ewigkeit lang abgesucht, bevor er schließlich das Ufer hinaufkroch und vor Erschöpfung zusammenbrach.

Während er nach Luft rang, war ein Mann, den Adam schon ein- oder zweimal bei gesellschaftlichen Anlässen gesehen hatte, aus der Dunkelheit aufgetaucht und ihm zu Hilfe geeilt. Das war die Nacht, in der Avery Russell, der Mann, der ein Jahr später Londons neuer Spionagechef werden sollte, Adam für den Hof der Schatten rekrutiert hatte.

Nach dem Tod des früheren Spionagechefs Hugo Waverly im vergangenen Jahr hatte Avery die Leitung übernommen und das Spionagenetz umstrukturiert. Viele der älteren Spione waren in den Ruhestand getreten, und frisches Blut wie Adam wurde in den engeren Kreis geholt. Adam schwor sich, dass er sich an Johns Mördern rächen würde, denn wie Avery ihm beigebracht hatte, arbeiteten französische Agenten paarweise, einer als Meister und seine treue rechte Hand. Adam wusste nicht, wer von beiden mit John im Fluss umgekommen war, der Meister oder die rechte Hand, aber er würde es eines Tages herausfinden. Ein Spion zu werden war seine Buße dafür, dass er in jener Nacht zu spät gekommen war, um seinen Freund zu retten.

Eine leise Stimme durchbrach Adams dunkle Gedanken. „Morrey?"

James Fordyce, der Earl of Pembroke, sein neuer Schwager, trat an seine Seite. Er war ein Mitglied des Clubs der verruchten Earls und hatte kürzlich Adams Halbschwester Gillian geheiratet. Er und James hatten durch ihre Mitgliedschaft im Club der verruchten Earls flüchtig Bekanntschaft gemacht. Es gab nur eine Handvoll Mitglieder, denen er in den letzten Jahren nahe genug gekommen war, um sie auch näher kennenzulernen.

Adam war in letzter Zeit nicht besonders aktiv im Club oder auf der Suche nach einer verwegenen Verrücktheit gewesen. Er war zu sehr mit Sicherheitsfragen England betreffend beschäftigt gewesen.

Aber das bedeutete nicht, dass England das einzige war, womit er seine Zeit verbrachte. Er war auf der Suche nach seiner lange verschollenen Halbschwester gewesen, die als Dienstmädchen in London arbeitete, und das hatte ihn tiefer in James' Freundeskreis gebracht, wofür er dankbar war. Er vertraute dem Mann seine Geheimnisse auf eine Weise an, wie er sie niemandem sonst offenbarte.

„Pembroke, schön, dich zu sehen", grüßte Adam.

James war der Einzige, der ihn heute Abend bemerkt hatte. Einer der wenigen, die in der Lage waren, Adams Fähigkeit zu umgehen, in Menschenmengen zu verschwinden, wann immer er es wünschte.

„Ist Caroline bei dir? Gilly hatte gehofft, sie zu sehen." In James' dunklen Augen lag eine stumme Frage, als wollte er wissen, was Adam so nervös machte.

„Nein, heute Abend nicht." Er hatte seine Schwester Caroline davon überzeugt, dass es in dieser Woche noch andere Bälle gab, die sie besuchen konnte. Nachdem er ihr mitgeteilt hatte, dass er heute Abend einen Auftrag zu erfüllen hatte, hatte sie die Gefahren verstanden und war zum Glück zu Hause geblieben.

„Sollen Gilly, Letty und ich gehen?", fragte Pembroke, als er und Adam tiefer in den Schatten an der Wand des Ballsaals traten.

„Ja, das würde ich an deiner Stelle tun, aber ganz ruhig, und lass niemanden etwas ahnen. Heute Nacht sind die Teufel unter uns." Das war die Warnung, die er sich mit Pembroke ausgedacht hatte, um den anderen Mann wissen zu lassen, wenn Gefahr im Anzug war. Pembroke war kein Narr. Seit sie sich zum ersten Mal getroffen hatten, hatte James gespürt, dass Adam mehr war als nur ein Adliger auf der Suche nach seiner lange verschollenen Halbschwester. Ohne James zu sehr in Gefahr zu bringen, hatte der Mann ihn wissen lassen, dass er in irgendeiner geheimen Funktion für das Innenministerium arbeitete, obwohl er nie ins Detail ging, es sei denn, es ging um Menschenleben.

„Gut. Nun, ich sehe Gillian, aber nicht Letty. Sie muss in einen der Ruheräume gegangen sein. Ich werde sie holen.“

Adam hörte nur teilweise zu. Er hatte eine Frau gesehen, die den Ballsaal gerade verließ, mit einer anderen Frau am Arm.

Die Frau des Viscount Edwards, Lady Edwards, die Frau, die er an diesem Abend beschützen sollte, ging aus dem sicheren Ballsaal in Begleitung einer dunkelhaarigen Frau, deren Gesicht er nicht sehen konnte.

„Such deine Schwester und geh, schnell“, drängte er James, bevor er sich durch die Menschenmenge schob, die sich nun in Reihen versammelte, um einen Tanz zu beginnen. Die beiden Frauen verschwanden an den Türen am anderen Ende des Raumes, und Adams Angst wurde immer größer. Lady Edwards war in großer Gefahr. Ihr Mann war vor kurzem Botschafter in Frankreich gewesen, und Avery hatte sie als Spionin angeworben, während sie auf dem Kontinent war, da er und das Innenministerium mit dem Außenministerium zusammenarbeiteten. Sie hatte eine verbale Chiffre auswendig gelernt, die sie Avery noch heute Abend übergeben sollte, und es war Adams Aufgabe, dafür zu sorgen, dass niemand sie zum Schweigen brachte, bevor sie die Chiffre übermitteln konnte.

Adam erreichte die teilweise geöffnete Tür, die aus dem Ballsaal führte, und trat in einen dunklen Korridor. Er drückte sich an die Wand und ging zügig von einer Tür zur anderen, um die Räume bezüglich der Anwesenheit von Lady Edwards und ihrer unbekannten Begleiterin zu überprüfen.

„Haltet still. Bewegt Euch nicht“, befahl eine sanfte, verführerische Stimme aus der Nähe. „Seid ganz still, Lady Edwards, damit ich Euch nicht steche. Das wollen wir ja nicht.“

Mein Gott, er war zu spät. Irgendein widerliches französisches Frauenzimmer hielt wahrscheinlich eine Klinge an Lady Edwards' Kehle gedrückt.

Adams Hände ballten sich zu Fäusten, als er sich auf die Tür zubewegte, durch die er die Stimmen gehört hatte. Er griff nach oben, um die ersten beiden Knöpfe seiner grünen Weste zu öffnen, und machte seinen Dolch frei. Noch immer durch die Kante des Türrahmens verborgen, atmete er langsam und gleichmäßig ein.

„Haltet still, sage ich!“, wiederholte die weibliche Stimme. „Ich will Euch nicht wehtun.“

Lady Edwards begann zu flehen. „Oh, bitte, habt Erbarmen mit mir. Ich —“

Adam wartete keine Sekunde länger. Er schoss um den Türrahmen herum und in den Raum hinein und rannte direkt auf die weibliche Gestalt in einem dunkelblauen Seidenballkleid zu. Er fasste die Frau mit einem Arm um die Taille und drückte sie mit dem Rücken gegen seine Brust, während er ihr den Dolch an die Kehle hielt.

„Macht einen Laut und Ihr werdet nicht lange genug leben, um es zu bereuen", warnte er in einem rauen Flüsterton. Die Frau in seinen Armen keuchte und erstarrte vor Schreck.

„Was?" Lady Edwards wirbelte herum. Ihre Hände flogen zu ihrem Mund. „Lord Morrey, was tut Ihr da?" Ihre blauen Augen waren vor Angst geweitet.

Er drückte die Spionin fester an sich, und sie zappelte in seinen Armen. „Ich rette Euch, Mylady."

„Sie ist keine Spionin!", entgegnete Lady Edwards in einem verzweifelten Flüsterton.

„Sie hatte Euch in ihrer Gewalt – ich habe sie gehört", gab Adam zurück.

„Seid nicht albern. Mein Haar war offen. Sie hat die Nadeln zurückgesteckt." Lady Edwards hielt ihm ein Paar juwelenbesetzte Haarnadeln vor die Nase. Die diamantbesetzten Haarnadeln glitzerten im gedämpften Lampenlicht, während ihm die Realität der Situation bewusst wurde.

Er hatte einen schweren Fehler begangen.

Adam hielt die Frau immer noch in seinen Armen gefangen, ließ aber die Klinge langsam sinken. Ihr Atem beschleunigte sich, als hätte sie in den letzten Sekunden zu viel Angst gehabt zu atmen. Als er sie losließ, hielt er ihr Handgelenk fest, um die Frau an der Flucht zu hindern, bis diese Angelegenheit geklärt war und sie zur Verschwiegenheit verpflichtet werden konnte. Sie drehte sich zu ihm um, und diesmal war er derjenige, der vergaß zu atmen.

Letty Fordyce, James' kleine Schwester, eine Schönheit, die er in den letzten Monaten aus der Ferne bewundert – und begehrt – hatte, war seine verängstigte Gefangene. Er ließ ihr Handgelenk los, und sie riss ihre Hand weg. Sie brachte sich in Sicherheit an Lady Edwards' Seite.

„Lady Leticia", grüßte er mit einem ruppigen Grollen, das kaum über ein Flüstern hinausging.

Die dunkelhaarige Schönheit hielt eine Hand an ihren Hals und starrte ihn entsetzt an.

„Oh, Letty, es tut mir so leid." Lady Edwards fasste die junge Frau an den Schultern und versuchte, sie zu beruhigen.

„Was...?" Letty starrte ihn an. „Warum?"

„Wir haben keine Zeit", unterbrach sie Lady Edwards. „Morrey, habt Ihr Mr. Russell gesehen?"

„Das habe ich nicht. Ich fürchte, dass ihm etwas zugestoßen sein könnte."

„Dann muss ich also Euch die Nachricht überbringen", murmelte Lady Edwards.

„Nein, nicht mir. Ich bin kein Bote", erinnerte er sie. „Ich bin nur dazu da, Euch zu beschützen."

Er gehörte nicht zu den Spionen, die mit verschlüsselten Nachrichten und Kostümen auf Missionen abenteuerliche Spiele spielten. Er war ein Vorbote des Unheils, eine Hand des Todes für alle, die seinem Land schaden wollten.

„Er muss es heute Abend erfahren, Morrey", betonte Lady Edwards.

„Wovon redest du?" Letty hatte endlich ihre Stimme wiedergefunden. „Warum hat er mir ein Messer an die Kehle gesetzt?"

„Es tut mir leid, Letty, Liebes – nicht jetzt. Wir haben keine Zeit..."

Ein Knarren des Holzbodens vor dem Ruheraum ließ Adam herumwirbeln. Ein Pistolenlauf, halb beleuchtet, war direkt auf sie gerichtet.

Er stürzte sich auf die beiden Frauen und warf sie zu Boden.

Der Knall der Pistole ließ ihn zusammenzucken, als er mit den Frauen unter sich auf dem Boden aufschlug. Einen Moment später rollte er sich von ihnen herab und sprang auf die Beine, die Klinge im Anschlag, aber wer auch immer auf sie geschossen hatte, war geflohen. Adam stürmte in den Korridor und suchte nach einem Anzeichen dafür, wohin der Angreifer gelaufen war.

Die Menge im entfernten Ballsaal verwandelte alles

in ein Chaos, sobald jemand schrie, dass eine Pistole abgefeuert worden war. Ein halbes Dutzend Männer rannte in seine Richtung, und Adam duckte sich zurück in den Ruheraum. Letty schien sich wieder gefangen zu haben und half Lady Edwards vom Boden auf. Letty war blass, aber sie weinte nicht und fiel auch nicht in Ohnmacht. Sie war keine empfindliche Rose, und darüber war er froh.

„Habt Ihr die Person gefangen?", fragte Lady Edwards, während sie die Falten ihres Kleides glattstrich.

Er schüttelte den Kopf. „Eine Menschenmenge hat sich versammelt und sucht nach dem, der die Pistole abgefeuert hat. Ihr müsst sofort gehen, Mylady. Wir dürfen nicht zusammen gesehen werden."

Die Spionin nickte und eilte zum offenen Fenster, das nach draußen in den Garten führte. Zum Glück befanden sie sich im ersten Stock, und Lady Edwards konnte einen Meter tief auf den Rasen springen. Sie raffte ihre Röcke, schlüpfte durch die Öffnung in einer Hecke und verschwand in der Dunkelheit dahinter.

„Viel Glück, Mylady", raunte Adam, als er das Fenster hinter ihr schloss. Dann drehte er sich zu Letty um.

„Lord Morrey, was...?"

„Lady Leticia, es tut mir leid."

„Was? Was ist gerade passiert? Warum habt Ihr mir ein Messer an die Kehle gesetzt?"

„Es tut mir leid, dass ich Euch jetzt küssen muss. Ich darf hier nicht allein gesehen werden, wenn ich nicht mit dem Schuss in Verbindung gebracht werden will."

Lettys Augen weiteten sich, als die Geräusche der Männer im Korridor lauter wurden. „Warum darf man Euch nicht allein sehen? Wartet... küssen?"

Er zog Letty in seine Arme und drückte sie fest an sich. Und er eroberte ihre leicht geöffneten Lippen mit seinen. Sie holte erschrocken Luft, als er sie innig küsste.

Gott, die Frau schmeckte süß, zu süß. In jedem anderen Moment hätte er sich an ihrem Kuss berauscht. Aber er konzentrierte sich auf die geschlossene Tür und wartete auf den Moment, in dem sie aufspringen würde. Als sie aufging, hielt er Letty absichtlich einen Moment zu lange fest, um sicherzustellen, dass die Männer, die den Raum betreten hatten, sahen, dass das Mädchen ganz klar kompromittiert war.

„Großer Gott, das ist Morrey!", rief ein Mann. Ein anderer Mann befahl Adam, er solle das Mädchen gehen lassen.

Adam trat einen halben Schritt von Letty zurück, wobei seine Hand immer noch besitzergreifend ihre Taille umfasste, was darauf hindeutete, dass sie beinahe im Begriff waren, miteinander zu schlafen. Dann wandte er sich den Männern zu und lockerte seinen Griff um die arme junge Frau, deren Ruf er gerade die sprichwörtliche Kugel verpasst hatte.

„Morrey, was zur Hölle glaubst du, was du mit meiner Schwester machst?", verlangte James zu wissen. Er ging auf Adam zu, mit Mordlust in den Augen, und Adam wusste, dass sein Gesicht wahrscheinlich blutig geschlagen würde, wenn diese Angelegenheit nicht geklärt würde.

„Ich..." Adam rang nach Worten, während er Letty hinter sich schob, um sie aus der Schusslinie zu halten und damit ihr Bruder nicht nach ihm schlug. Er hatte Lady Edwards zur Flucht verholfen, aber jetzt musste er sich einer ganz anderen Gefahr stellen, der er nicht entkommen konnte.

„Wir haben einen Pistolenschuss gehört", warf ein Mann verwirrt ein. Adam erkannte ihn als Jonathan St. Laurent. „Wir haben befürchtet, dass etwas passiert ist. Wir dachten, es käme aus diesem Raum."

„Ich kann nicht behaupten, dass ich etwas gehört habe – ich war ziemlich beschäftigt", erwiderte Adam mit einem verschmitzten Grinsen. Er war in den letzten zwei Jahren ein guter Schauspieler geworden, der nur zeigte, was er wollte, und versteckte, was er musste.

„So viel ist klar", schnaubte Jonathan, seinen Blick auf Adams Brust gerichtet.

Adam griff nach seiner Weste und stellte fest, dass die beiden Knöpfe, die er geöffnet hatte, um seinen

Dolch freizulegen, immer noch aus ihren Knopflöchern herausstanden. Das warf ein noch schlechteres Licht auf die Situation mit Letty, denn es sah so aus, als ob er gerade dabei gewesen wäre, seine Weste auszuziehen.

„Wir sollten das Pembroke überlassen", meinte ein anderer Mann in der Gruppe. „Sie ist schließlich seine Schwester."

„Ja, überlasst ihn mir", knurrte James. „Setzt eure Suche fort."

Die anderen Männer verließen den Raum und ließen James mit Adam und Letty allein.

Pembroke schloss die Tür und sperrte Adam mit ihm und Letty im Zimmer ein. „Morrey, was zur Hölle ist passiert?", wollte James wissen, wobei sein Blick zu seiner Schwester wanderte, die schweigend hinter Adam stand. „Ich dachte, du hättest mir gesagt, ich solle fortgehen, weil du etwas Gefährliches vorhast, und dann finde ich dich meine Schwester küssend vor. Ich erwarte, dass es dafür eine verdammt gute Erklärung gibt."

Adam sah den Schmerz und die Wut in James' Augen. Er hatte jedes Recht, das Schlimmste anzunehmen. Adam hätte es getan, wenn er an James' Stelle gewesen wäre.

„Es gibt eine, aber ich kann sie dir nicht hier geben. Es ist vielleicht nicht sicher", antwortete Adam.

James rieb sich mit Daumen und Zeigefinger die

geschlossenen Augen. „Willst du mir sagen, dass das, was heute Nacht passiert ist, etwas zu tun hat mit...?"

„Ja." Adam sah, dass das, was er James vorsichtig vermittelt hatte, endlich ankam. „Und du weißt, was das für sie bedeutet." Er nickte mit dem Kopf in Richtung Letty.

„Ich weiß... aber ich kann ihr helfen, den Skandal zu überstehen. Es muss nicht so enden, wie du es erwartest. Ich werde ihr das nicht aufzwingen, nicht wenn sie es nicht will."

„Ich glaube, das musst du leider." Adam blieb in seinem Tonfall ruhig. „Ich bin der Einzige, der sie beschützen kann. Sie ist gesehen worden, James. Bevor die Nacht vorbei ist, wird sie zu einer von uns gemacht worden sein, und dann wird sie nicht mehr sicher sein."

James' Augen weiteten sich und verengten sich dann, als er zwischen seiner Schwester und Adam hin- und herblickte. Ja, der Mann begann endlich zu begreifen, was Morrey sagte.

„Dann müssen wir ein paar Entscheidungen treffen, nicht wahr?"

„Ich fürchte, ja", stimmte Morrey zu.

„Je früher, desto besser, nehme ich an?"

„Ja. Ich gehe morgen zu den Doctors' Commons. Wir können allen erzählen, dass wir uns heimlich verlobt haben und in ein paar Tagen heiraten wollen."

„Es wird schon reichen." James seufzte schwer. Sein

Widerwille, diesem Plan zuzustimmen, war offensichtlich.

„Wartet – Heirat?" Letty schien plötzlich zu begreifen, worüber sie sprachen.

„Ja, du und Morrey. Unverzüglich." James schaute Adam an, mit einem entschuldigenden Blick.

„James, du kannst nicht…"

„Letty, nach dem, was heute Abend geschehen ist, gibt es Gründe, die es erforderlich machen, dass du dich dieser Entscheidung fügst. Du weißt, dass ich das nie erzwingen würde, aber du musst mir vertrauen. Dies ist der einzige Weg, damit du in Sicherheit bist."

„Sicher? Sicher vor ihm? Dieser Mann hat mir eben ein Messer an die Kehle gehalten!"

James warf Adam einen erschrockenen Blick zu, in dessen Ausdruck erneut Sorge und Wut zum Ausdruck kamen. „Was?"

„Ein Missverständnis. Ich dachte, sie sei die Bedrohung, die ich gespürt hatte. Dann hat sich die wahre Bedrohung gezeigt und geschossen. Das war der Pistolenschuss, den ihr aus dem Ballsaal gehört habt. Wer auch immer geschossen hat, er hat das Gesicht deiner Schwester deutlich gesehen und wusste wahrscheinlich, dass sie mit Lady Edwards gesprochen hat."

„Mein Gott." James begann, auf dem Boden des Ruheraums auf und ab zu gehen. Dann sah er seine Schwester wieder an. „Letty, ich habe nie von dir verlangt, dass du mir grundlos gehorchst, aber das ändert sich heute Abend. Du musst mir jetzt vertrauen, wenn ich sage, dass du Morrey heiraten wirst. Ich werde dir alles erklären, wenn es sicher ist."

„James, das kannst du nicht von mir verlangen – bitte. Das ist nicht fair. Du weißt, was ich will, und diese Heirat ist es nicht." Es war ein so sanftes Flehen, eine kleine Schwester, die ihren älteren Bruder um seine Liebe, sein Vertrauen und seinen Schutz bat. Adam sah mit Schrecken, wie James seiner Schwester mit einem einfachen Kopfschütteln verweigerte, was sie brauchte. Kein anständiger Bruder könnte Worte finden, um eine solche Bitte abzulehnen, und James war ein guter Bruder. Alles, was er tun konnte, war, ihr mit seinen Taten zu widersprechen.

„Ja, es ist ungerecht", stimmte Adam zu und lenkte Lettys Aufmerksamkeit von ihrem Bruder ab. „Und das tut mir leid, Lady Leticia, aber es muss getan werden. Gebt Eurem Bruder nicht die Schuld daran. Es ist meine Schuld. Ich trage die volle Schuld."

„Nein." Sie schüttelte heftig den Kopf. „Wie kann ich Euch heiraten? Ich kenne Euch doch kaum!"

„Viele Paare heiraten, obwohl sie sich noch nicht einmal so lange kennen wie wir", beteuerte Adam in einem sanften Ton. Es war klar, dass Letty immer noch unter Schock stand. „Pembroke, erlaube mir, einen Moment mit ihr allein zu sprechen."

„Ich sollte bleiben." James' Überfürsorglichkeit hätte Adam zu jeder anderen Zeit amüsiert.

„Ich brauche nur einen Moment."

„Nun gut", lenkte James ein. „Aber nur einen Moment. Meine Schwester hat heute Abend schon genug durchgemacht. Ich würde sie gerne sicher nach Hause bringen, bevor noch mehr Dolche oder Pistolen ins Spiel kommen." Er trat ins Freie.

Adam griff erneut nach Lettys Hüften und zog sie zu sich heran. Die blaue Seide ihres Kleides war weich unter seinen Handflächen und erfüllte ihn mit Verlangen. Doch sie war nicht so erregt wie er. Sie zitterte, obwohl er ihr das unter den gegebenen Umständen kaum verübeln konnte.

„Ich werde alles, was heute Abend geschehen ist, erklären, wenn ich kann, wenn es sicher ist. Bitte wisst, dass es mir leidtut, wie es dazu gekommen ist. Ich werde Euch ein guter und treuer Ehemann sein. Ich schwöre es bei meinem Leben."

In ihren schönen dunkelbraunen Augen sammelten sich Tränen. Er griff nach oben und wischte eine weg.

„Nicht weinen, bitte", flehte er. „Es wird alles gut werden. Ich verspreche es."

Dann stahl er sich einen sanften, langen Kuss von ihren Lippen. Die Art von Kuss, die er ihr beim ersten Mal gerne gegeben hätte. Sie lag still in seinen Armen, aber nicht so steif vor Angst wie vorhin. Er streichelte ihre Wange und hielt sie fest. Das arme, unschuldige Geschöpf, kaum zwanzig Jahre alt, ein ganzes Jahrzehnt jünger als er, sollte sein Leben auf den Kopf stellen, nur weil sie Lady Edwards helfen wollte, ihr Haar zu richten. Als er sein Gesicht hob, um auf sie herabzusehen, sah er nur benommene Verwirrung.

„Na, na", sagte er, sein natürliches Bedürfnis, diese schöne junge Frau zu trösten, verstärkte sich.

„Wollt Ihr mich heiraten?", fragte sie ihn.

„Ich habe nicht mehr daran gedacht, zu heiraten. Schon lange nicht mehr. Aber ich bin froh, dass Ihr es sein werdet." Das war die Wahrheit. Er hatte den Gedanken an solche Dinge in der Nacht, in der John umgekommen war, aufgegeben. Aber jetzt brauchte Letty seinen Schutz, und das war die einzige Möglichkeit, wie er für sie da sein und sie jederzeit beschützen konnte. Er fühlte sich wie ein Bastard, weil er ein kleines Fünkchen Glück empfand, dass eine Schönheit mit einem so weichen Herzen ihm gehören würde. Von dem Moment an, als er sie zum ersten Mal erblickt hatte, hatte er den flüchtigen, rebellischen Gedanken gehabt, dass sie eine wunderbare Countess abgegeben hätte. Jetzt würde sie seine Countess sein, und er konnte seine plötzliche Erregung und Dankbarkeit bei dieser Vorstellung nicht abschütteln.

„Lord Morrey –", begann Letty, doch die Tür öffnete sich und ihr Bruder kam wieder herein.

„Ich habe deinen Mantel, Letty. Wir müssen gehen. Ich habe Gillian gefunden. Sie wartet draußen." James hielt einen cremefarbenen Mantel hoch, der mit blauer Seide gefüttert war und zu ihrem blau-goldenen Kleid passte. Letty erlaubte ihrem Bruder, ihn ihr über die Arme zu ziehen, und knöpfte ihn mit zitternden Händen zu.

„Komm morgen zu uns, und wir werden die Zeremonie und die Frage von Lettys Mitgift besprechen." James klemmte seinen Hut unter einen Arm und nickte Adam brüsk zu.

Adam nickte und sah zu, wie die beiden den Raum verließen. Als er allein war, suchte er die Kammer ab, bis er das kleine Loch in der Wand entdeckte, wo die Kugel eingeschlagen war. Er holte seinen Dolch und grub die Kugel aus der Wand. Dann hackte er auf dem Loch herum und kratzte es auf, bis es so aussah, als ob der Schaden an der Wand von etwas anderem verursacht worden war.

Adam durchsuchte den Raum, bis er einen Stuhl fand, der ungefähr die richtige Höhe hatte, und schob dann die Spitze des Stuhls in das Loch. Jetzt sah es so aus, als hätte jemand den Stuhl einfach schräg gegen die Wand geschleudert und so den Schaden verursacht. Das Letzte, was er brauchte, war ein Beweis für das, was in diesem Raum geschehen war. Er wollte, dass die Londoner Gesellschaft glaubte, er habe sich einfach in der Leidenschaft mit Letty verloren und nicht einen Mord eines französischen Attentäters vereitelt.

Er steckte die Kugel in die winzige Tasche seiner Weste und verließ den Ruheraum.

In Anbetracht des dichten Gedränges vor der Haustür vermutete Adam, dass die armen Stallknechte wie wild damit beschäftigt waren, Kutschen und Pferde zu holen. Lord und Lady Allerton versuchten, die Massenflucht aus ihrem Haus zu beaufsichtigen.

„Ich verstehe das nicht, Henry", murmelte Lady Allerton zu ihrem Mann. „Eine Pistole? Warum sollte jemand..." Sie brach ab und knetete ihre Hände in ihren roten Satinröcken.

Adam schlüpfte zwischen den aufgeregten Herren und den tratschenden Damen hindurch, bis er sich an die Spitze der Schlange gestellt hatte. Der nächste Stallknecht, der die Stufen des Allerton-Hauses hinaufstürmte, atmete schwer und bemerkte Adams beschwörendes Winken.

„Bring meine Kutsche her. Die mit dem Morrey-Wappen." Er wusste, dass alle Bediensteten großer Haushalte wie der Allertons darauf trainiert waren, die Wappen der Adelshäuser bei solchen Gelegenheiten zu erkennen.

„Ja, Mylord."

Adam löste sich aus dem Gedränge der Menge und wartete draußen darauf, dass seine Kutsche vorgefahren wurde. Er zog seinen Mantel an und kletterte in das Fahrzeug, als es vor dem Haus der Allertons anhielt. Dann lehnte er sich einen Moment lang im dunklen Schlag zurück, bevor er merkte, dass etwas nicht stimmte.

Er stürzte nach vorne, seinen Dolch gegen die Kehle des Mannes ihm gegenüber gepresst. Er hätte triumphierend aufgelacht, dass er diesen versteckten Mann entdeckt hatte, aber er spürte, wie eine zweite Klinge gegen seine eigene Kehle gedrückt wurde.

„Ruhig, Morrey", kicherte eine vertraute Stimme. Adam entspannte sich, und die Waffen wurden gesenkt.

„Russell, was zum Teufel denkst du dir dabei, dich in meine Kutsche zu schleichen?" Er lehnte sich in seinem Sitz zurück und verstaute das Messer in seiner Weste. Avery Russell tat das Gleiche. Adam zog einen der Vorhänge vom Fenster weg, damit er den Spionagemeister besser sehen konnte. „Hast du Lady Edwards getroffen?"

Avery nickte. „Gerade noch. Nach dem Schuss sah ich sie aus dem Fenster fliehen. Ich fürchtete, ich käme zu spät. Wir hatten nur einen Augenblick Zeit, uns im Garten zu unterhalten, und ich habe die Nachricht erhalten."

„Du wärst fast zu spät gekommen." Adam lehnte seinen Kopf zurück gegen die gepolsterte Wand des

Wagens. „Der heutige Abend war eine einzige Katastrophe."

„Es wurde niemand verletzt, und Lady Edwards hat mir ihre Nachricht überbracht", widersprach Avery.

„Keiner ist verletzt, aber ich werde jetzt heiraten."

Averys Augen weiteten sich. „Was?"

Adam erklärte, wie er Letty angegriffen hatte und wie er dafür gesorgt hatte, dass Lady Edwards die Chance bekommen hatte, sicher zu entkommen. Um den Verdacht von sich abzulenken, hatte er Letty in aller Öffentlichkeit geküsst und es so aussehen lassen, als hätten sie sich zu einer geheimen romantischen Verabredung getroffen.

Avery musste sich ein Grinsen verkneifen. „Du wirst Pembrokes Schwester heiraten?"

„Lach du nur", brummte Adam.

„Ich lache weder über dich noch über sie. Nur über die Lächerlichkeit der Situation. Letty ist ein süßes Mädchen, sehr intelligent, aber nicht für ein gefährliches Leben geeignet", argumentierte Avery jetzt mit mehr Ernsthaftigkeit.

„Ich weiß, aber was kann ich tun? Der Spion, der heute Abend auf mich geschossen hat, hatte freien Blick auf Lettys Gesicht. Sie werden annehmen, dass sie mit mir oder Lady Edwards zusammenarbeitet. Pembroke wird sie nie so gut beschützen können wie ich. Sie wird sicherer sein, wenn sie mit mir verheiratet ist."

Avery musterte ihn jetzt. „Eine Heirat wird nicht ausreichen. Sie wird dich als schützenden Schatten brauchen, bis wir herausfinden, wer dich auf dem Allerton-Ball angegriffen hat."

„Ich habe durchaus vor, dieser Schatten zu sein", stimmte Adam zu. „Ich fürchte nur, dass Letty mich dafür hassen wird."

„Ich glaube, Letty gebührt mehr Anerkennung, als du ihr zugestehst." Avery schlug mit der Faust auf das Dach der Kutsche, die daraufhin zum Stehen kam.

Adam warf einen Blick auf die dunkle Straße. „Du willst hier aussteigen?"

„Wie für dich ist der Schatten auch mein Freund." Avery trat in die nächtliche Dunkelheit hinaus und war bald verschwunden.

Adam rief seinem Fahrer zu, nach Hause zu fahren. Er hatte viel nachzudenken und viel zu planen, darunter auch das Letzte, was er je zu planen erwartet hatte – eine Hochzeit.

www.ingramcontent.com/pod-product-compliance
Lightning Source LLC
Chambersburg PA
CBHW021721190726
48289CB00008B/2634